怪談 5分間の恐怖

霊《れい》を呼《よ》ぶ本

中村まさみ

親による子殺し、子による親殺し、無差別殺人、親や身内による虐待死《ぎゃくたいし》……。
なぜ、人の世はここまですさんでしまったのでしょう。
人の心にひそむ闇《やみ》が、日を追うごとに深くなり、
それまではあたりまえであったはずの感情を無にしてしまう。
そんな闇《やみ》におかされそうな世の中に、一筋《ひとすじ》の光が届《とど》いたなら……。
自らの存在《そんざい》こそが奇跡《きせき》であり、それは〝いまを生きたかった〟人々の上に存在《そんざい》する。
怪談《かいだん》というツールを用いて、
ほんの一瞬《いっしゅん》でも命の尊厳《そんげん》・重さ・大切さを感じてもらえたなら……。
そんなことを思いながら、
これからわたしが体験した〝実話怪談《かいだん》〟をお話ししましょう。

怪談師《かいだんし》　中村まさみ

もくじ

アパートスタジオ —— 6
掛《か》け軸《じく》 —— 9
電話ボックス —— 15
ゲームに映《うつ》る顔 —— 21
戦火の記憶《きおく》 —— 39
廃屋《はいおく》の少女 —— 44
姥捨《うばす》て山 —— 56
錫杖《しゃくじょう》の音 —— 67
菊丸《きくまる》のこと —— 78
冷蔵《れいぞう》倉庫 —— 85
不思議な家 —— 105
石炭拾い —— 110

折り鶴《づる》 115
血の手形 129
三線《さんしん》の神様 138
バックモニター 146
アンカーをぬく者 156
翁《おきな》の面 165
井戸《いど》のある家 177
からくり人形 196
真夜中の喫茶店《きっさ》 207
霊《れい》を呼《よ》ぶ本 227
南の島の物語 238

アパートスタジオ

もう五、六年まえになるだろうか。ある日、わたしの怪談《かいだん》アーカイブの収録《しゅうろく》を行った。

収録《しゅうろく》場所は、東京都内にある、アパートの一室を改装《かいそう》して造られたスタジオ。

こうした一般《いっぱん》の民家やマンション、アパートなどを収録《しゅうろく》スタジオにしたものを、ハウススタジオという。

そのアパートも、厳重《げんじゅう》な防音設備を施《ほどこ》した録音ブースがあり、そこにこもって、プロ用のマイクとヘッドホンを装着《そうちゃく》して録音する。


それは、一つ目の話を語りだしてすぐだった。

ヘッドホンごしに、男女数人の話し声が聞こえた。それもささやき声などではなく、極々普《ごくごくふ》通《つう》のトーンで、なにやら楽しそうにわいわいとやっている感じ。

二話目までその場に同席していた当時のマネージャー・A君の耳にも、しっかりとそれは聞こえていたという。

その後も〝話し声〟は頻繁《ひんぱん》に聞こえ、わたしが語りだすのを待っているかのように、語りを始めると、わいわいと話しだすという感じが続いた。

それでも収録《しゅうろく》は続き、それなりの時間をかけて、十話ほどやったころだろうか。依然《いぜん》として話し声が聞こえるため、あまりに気になり、わたしは現場の収録《しゅうろく》スタッフに伝えることにした。

「さっきから、なんか『わいわい』聞こえるんだけど、だいじょうぶ?」

「いえ、それは考えられません。もちろんだれもそんな会話なんかしていませんし、第一録音ブースの中にまで聞こえる雑談って、ありえないですよ」

考えてみれば、スタッフのいう通りである。

外部からの音を遮断《しゃだん》するために、わざわざ防音の録音ブースを設置しているわけで、しかもその中でヘッドホンをしている耳に聞こえてくる声……それ自体、普通《ふつう》ではない。

A君には、そのときの録音風景を、何枚《なんまい》かカメラで撮《と》ってもらったのだが、そのうちの一枚《まい》には、かなりはっきりとした発光体が写りこんでいた。

『また、いる……』収載《しゅうさい》「ハウススタジオ」にも書いたが、ハウススタジオというのは、やはりいろいろ起きる場所なのだ。

掛《か》け軸《じく》

小学四年のころ、それまで住んでいた沖縄《おきなわ》をあとにしたわたしたち家族は、生まれ故郷《こきょう》の北海道へともどり、南国から一変、雪国での生活を始めようとしていた。

北海道にもどってすぐ、道東に住む親類の家へ行くことになった。

その家には、わたしと同じ年のいとこがいたが、思い出といえば、幼少期《ようしょう》になぜか鎌《かま》を持って追いかけまわした！　という記憶《きおく》が残っている程度。

彼《かれ》の下にも弟がいたように思うが、顔も名前も覚えておらず、その親類と我《わ》が家《や》とは、決して親しい間柄《あいだがら》ではなかったはずだし、その家にお邪魔《じゃま》するのも、これが初めてだった。

当時は高速道路もなく、一般《いっぱん》道を使って十時間以上をかけての長距離《ちょうきょり》ドライブ。

夜明けを待たずに出発したのに、到着《とうちゃく》したころには日が暮《く》れかかっていた。

「いやいや、遠いとこからご苦労さんねー。つかれたっしょ？

あとで温泉《おんせん》連れてくから、とりあえず上がってゆっくりしなさい。おくの間を用意してあるから、そこに荷物ば置いてや」

叔母《おば》にそういわれ、荷物を持って家の中に入ると、その〝おくの部屋〟を目指して歩きまわる。

ろうかからはずれ、明かりのついていない部屋を横切ろうと、一歩そこへふみいったときだった。

部屋のすみにある床《とこ》の間の中から、なにかが一瞬《いっしゅん》、きらっと光るのが見えて、わたしは足を止めた。

よく目をこらして見ると、一幅《いっぷく》の掛《か》け軸《じく》がある。その一部分が、どこからか差しこんだ光を反射《はんしゃ》して光っているのだ。

それに近づいてみて、わたしはぎょっとした。

そこに描《えが》かれていたのは、三つの卵《たまご》を抱《だ》いたヘビ。その卵《たまご》の部分だけが、きらきらとかがやいている。

わたしは決してヘビが苦手なわけではないが、長旅の直後、出しぬけにそんな絵を見て、少々面食らったことは確かだった。


食事をすませたあと、近くの温泉《おんせん》へ連れていってもらい、気分上々で家へもどった。わたしたち家族のために用意された部屋に、ふとんをのべるのを手伝うと、旅のつかれがふきだしたわたしは、そこへとたおれこんだ。

ちょうどそこへ、歯をみがきにいっていた母がもどってきた。

「あなたさっき、北側の部屋の床《とこ》の間のところに立ってたでしょう？　なにしてたの、あんなところで？」

「あそこにかかってる……掛《か》け軸《じく》を見てた……」

わたしは、眠《ねむ》そうな声で答えた。

「こんなこといっちゃなんだけど、あの掛《か》け軸《じく》……怖《こわ》いわよねぇ」

母は昔から、爬《は》虫《ちゅう》類がからっきしだめ。

沖縄《おきなわ》にいたときも、家の中にときおり侵入《しんにゅう》してくるヤモリにさえ、いちいち悲鳴をあげていた。

母の言葉で眠気《ねむけ》が覚めてしまったわたしは、母に同調していった。

「そうだよね。なんでわざわざ、あんなもの、かけてるんだろう。ヘビが光る卵《たまご》を抱《だ》いてる絵なんて、初めて見たよ」

それを聞いた母は、きょとんとしている。

ふとんに入りかけていたのをやめて、体を起こすとわたしの方にむき直ってこういった。

「なにいってるの？　そんな絵じゃないでしょう？」

「えっ？　じゃあ、どんな絵だっていうのさ？」

「真っ黒な龍《りゅう》みたいなヘビが、がーっと鎌首《かまくび》を持ちあげてて、開いた口から火のような舌を出してる……そんな絵よあれ」

わたしはがばっと起きあがって反論《はんろん》した。

「そんな絵じゃないよ。黒い墨《すみ》かなにかで描《えが》いたような感じのさ、なんだかかわいい顔したヘビだったよ。

第一口なんか開けてなかったし、舌も出てなかった。それに、鎌首《かまくび》持ちあげてるような怖《こわ》い絵じゃなくて、卵《たまご》を大事そうに抱《かか》えて……」

「ちがうちがう！　ぜんぜんちがう！　あんなおそろしいものをかわいいだなんて！」

だんだんめんどくさくなってきたわたしは、反論《はんろん》するのもつかれたのでだまっていた。すると、どうにも収《おさ》まりのつかない母がいった。

「とにかく、明日そっと確認《かくにん》してみましょう」

わたしにとっては、どうでもいいことに思えたが、母にとってはそうではなかったらしい。

翌朝《よくあさ》目が覚めると、朝食のまえにさっそく確認《かくにん》しにいこうといいだした。

北側に位置するその部屋には、朝の陽光も届《とど》かないらしく、部屋全体が暗くて薄《うす》ら寒かった。

わたしと母は親類に気づかれないように、さり気ない雰囲気《ふんいき》をかもしだしつつ、そっとふすまを開けて中へ入っていった。

「あれっ!?」

床《とこ》の間にかかる掛《か》け軸《じく》を見て、わたしと母は、ほぼ同時に声をあげた。

床《とこ》の間にかけられた掛《か》け軸《じく》。

そこに描《えが》かれていたのは、卵《たまご》を抱《だ》いたヘビでも、おそろしい真っ黒なヘビでもなく、美しくやさしい姿《すがた》をした天神様の絵だったのだ。

そのあと、母が叔母《おば》に確認《かくにん》してみたが、その部屋の掛《か》け軸《じく》は何十年も替《か》えておらず、ずっと天神様だという。

「なんでそんなこと聞くの？」

そう不思議そうに首をかしげる叔母《おば》の質問に、わたしも母も、なにも答えることはできなかった。

見る人や、あるいは見る人の気持ちによって、見え方が変わる絵があると聞いたことがある。

あの掛《か》け軸《じく》もそういう絵なのだろうか……？

実に不思議な体験だった。

電話ボックス

小学二年生のころの話。


当時わたしは、東京都渋谷区《しぶや》のSという町に住んでいた。

いまでこそ、渋谷《しぶや》は若者《わかもの》の多く集《つど》う場所になっているが、当時は下町情緒《じょうちょ》ただよう、風情《ふぜい》ある町なみが残る場所だった。


ある日、わたしと母が八百屋で買い物をしているときだった。

ひときわ甲高《かんだか》い女性の声が、突然《とつぜん》、店内にひびきわたった。

「そう、そこよ！　そこの乾物《かんぶつ》屋さんのまえにある電話ボックスよ！

あそこだけは、なにがあっても絶対に使ってはだめ！　おかみさん、わたしはうそなんかいわない。本当に本当の話なんだからね！」

女性はなにを買うわけでもなく、店の中に入ってくるなり、そんなことをまくしたて、そしてなにごともなかったような顔をして、店を出ていった。

そこからが大変だった。

店に残った常連客が、ああだこうだと、先ほどの女性の陰口《かげぐち》をいっせいにいいだした。

かたわらでだまって聞いていると、わたしのいる空間だけまるで別のような感じがした。

（大人って変なの……）

そう思いながら、わたしはみょうに冷静な視線《しせん》を、大人たちにむけていた記憶《きおく》がある。

常連客たちは、ひとしきり陰口《かげぐち》、噂話《うわさばなし》を終えるとどやどやと退店していった。

残ったわたしと母が、商品を持って店のおくへ行くと、八百屋のおかみさんが、困《こま》り顔をしていった。

「まったく、あの人にも困《こま》ったもんだね……。以前からよくきてくれる人なんだけどね。

ああほら、その路地を入ったところに、古いアパートがあるでしょう？　あそこに、昔っから住んでるのよ、あの人」

あんな言葉を聞いたら、いったいなんの騒動《そうどう》だったのか、だれもが気になるところ。

母も、先ほどの陰口《かげぐち》には加わらなかったものの、疑問《ぎもん》に思っていたようで、おかみさんに率《そっ》直《ちょく》にきりだした。

「突然《とつぜん》でびっくりしちゃったわよ。いったいなにがあったの、その電話ボックスで？」

するとおかみさんはこんなことを語りだした。


当時の電話ボックスは、いまのようにガラスばりではなく、鉄板で組まれたような実に無骨《ぶこつ》な造りだった。

四面に窓《まど》がはめられてはいるものの、大人の腰《こし》から上が見える程度の小さなもの。ドアにドアノブの類いはなく、ドア自体に直径十五センチほどの穴《あな》が開いていて、その穴《あな》をつかんでドアを開閉《かいへい》するしくみになっている。

ある日の深夜、先ほどの女性が、問題の電話ボックスで長い時間、話しこんでいた。

するとやおら、自分のおしりをさわるものがある。

おどろいた女性が、悲鳴にも似た声を出しながら、うしろをふりかえると、そのドアノブ代わりに開いた穴《あな》から腕《うで》がのび、空中でなにかをつかもうとするかのようにうごめいていたという。

それを見た瞬間《しゅんかん》、女性は、痴漢《ちかん》がドアのむこうにいて、穴《あな》から腕《うで》をのばしてるのだと思った。意を決した女性は、「このやろう」とばかりに、力をこめてドアをけった……。

八百屋のおかみさんは、さも怖《こわ》そうに顔をしかめて、母に続けていった。

「ところがね奥《おく》さん。本当にそのむこうに人がいたなら、けったドアがその人に勢いよくぶつかるはずでしょう?

ガンッとけったとたん、ドアが外へ開いても、そこにはだれの姿《すがた》もなくて……腕《うで》だけが『わにわにわにわに』と動いてたっていうのよ」

(なにそれ!　変な話!)

母の横に立っていたわたしは、ずっとそう思いながら聞いていた。

しかし、おかみさんの話には、いま思いだしてもぞっとするような続きがあった。

「それがね、あたし、その話を聞いて、ちょっと思いあたることがあるのよね……。数年まえの夏の暑い日、あの電話ボックスのまえを通りかかると、異様《いよう》なにおいがただよってたね。

気になってボックスの中をのぞいてみたのよ。そうしたら、電話帳が置いてあるたなの上に、五、六十センチくらいの、新聞紙でぐるぐる巻《ま》きにされたものがあったのよ。

先へ行くにつれて細くなってて、しかも逆の太い側には赤黒い大きなしみまであって、それがどう見ても血のようなのよ。

ちょうど世間で、『バラバラ殺人』ってのが、頻繁《ひんぱん》に報道されてる時期だったでしょ。それであたし怖《こわ》くなっちゃって、あわてて家へとって返して、うちの人を連れてもどったんだけど……。

ほんの数分の間に、それがあとかたもなく消えちまってたのよ。

包みをといて見たわけじゃないけどさ、あたしゃ、あれが人の腕《うで》だったように思えてならないのよ」

女性が八百屋でまくしたてていた日から数日後、突然《とつぜん》その電話ボックスは、なぜかその場から撤去《てっきょ》された。

ゲームに映《うつ》る顔

もう三十年以上まえのことだ。

わたしは喫茶店《きっさてん》を開業しようと思い、ある友人の紹介《しょうかい》で一軒《けん》の空き物件を見にいった。

そこは都心からは少々はなれているものの、地下鉄の駅がすぐそばにあり、朝から晩《ばん》まで人通りが絶えることがない。

もともと家電販売店《はんばいてん》が入っていたといい、店舗《てんぽ》の大きさもかなりのもので条件としては上々だったが、喫茶店《きっさてん》にはむかない大きさだった。

「ここで喫茶店《きっさてん》をやるのは無理があるから、この広さをそっくり利用してゲームセンターにしちゃったら？

もともとここは電気屋だったから、配電盤《はいでんばん》のアンペア数も高いし、地域《ちいき》限定の規制もかかってないんだよ」

家庭用ゲーム機が普及《ふきゅう》するずっとまえのことだけに、友人の提案に、わたしは一も二もなく賛同した。

それから、家賃《やちん》の交渉《こうしょう》を終え、さっそく内装《ないそう》工事や看板《かんばん》の発注などに取りかかる。

ゲーム機のリースは、中鉢《ちゅうばち》という友人に一任した。

数週間後、見ちがえるほどきれいになった店内に、まだビニールがかかった真新しいゲーム機が搬入《はんにゅう》されていく。

当時の〝テレビゲーム〟のしくみやスタイルは、現代繁栄《はんえい》を見せている家庭用ゲームやスマホゲームなど、すべてのゲームの基本ともいえるものだ。

操作《そうさ》方法は単純《たんじゅん》明快。１００円を入れればだれもが遊ぶことのできる、純粋《じゅんすい》な娯楽《ごらく》だった。

中でもそのころ、新鋭《しんえい》的存在《そんざい》だったのが、マージャンをモチーフとしたもので、各メーカーが新機種開発にしのぎをけずっていた。

わたしは、店への導入機種一覧《いちらん》リストに目を通していた。

「んっ？　中鉢《ちゅうばち》、ちょっといいか？　導入機種リストに『絶対』とつけておいたあれ……のってないじゃん！」

「ああ、あのマージャンゲームですか」

「『ああ』じゃねえよ。いちばん人気だからって勧《すす》めたの、おまえだろ？　どうなってんのよ」

「実はあれ、現在入手不可能なほどの人気機種になっちゃいましてね」

のんびりとした口調で中鉢《ちゅうばち》が返す。

「いや、だからこそ必要なんだろ！」

「すみません。なんとか手配してみますが、中古機種でも構いませんか？」

「そりゃ構わないけどさ、一台や二台入れたって仕方ないんだからな。最低でも五台は持ってきてくれよ」

わたしは、無理を承知でふっかけた。こちらの姿勢《しせい》だけは、アピールしておかなければならない。

「ご、五台ですか!?　そりゃ無茶ですよ」

なんとかその日は六十五台すべての搬入《はんにゅう》を終え、翌日《よくじつ》の新規開店を待つだけとなった。

すべてとはいうものの、例のマージャンゲームは先送りとなったわけで、正直これは相当な痛手《いたで》だった。


開店から数週間後、中鉢《ちゅうばち》から、朝いちばんに電話が入った。

「このあいだ納品《のうひん》できなかったマージャンゲームですが、なんとか一台手に入りました！」

「おお！　それはありがたいね。今日持ってこられる？」

「はい。午前中には納品《のうひん》可能かと……」

店にはアルバイトの男の子を常駐《じょうちゅう》させ、深夜まで営業していた。従業員《じゅうぎょう》は二交代制で、夜の部は、ほとんどわたし自身が店に出るという生活。

しかし、待望の機種が入るとあって、わたしは早めに店に行き、中鉢《ちゅうばち》の到着《とうちゃく》を待った。

無事に人気のマージャンゲームが入って、一週間ほどたったある日のことだ。

その日も新台の搬入《はんにゅう》があるため、眠《ねむ》い目をこすりながら朝から店へむかった。

建物一階裏《うら》にある通用口から入ると、すぐ横に警備《けいび》員室がある。

そこにひと声かけてかぎを手わたしてもらい、裏口《うらぐち》ドアについた暗証番号をおす。

その日も、いつものように警備《けいび》員室に声をかけると、顔なじみの年配の警備《けいび》員が近づいてきて、こんなことをいった。

「中村さん、ちょっとお願いがあるんですがね。少しお話いいですか?」

「ああ、ちょっと待ってください。店の中で聞かせてもらってもいいですか?」

そういうと、その警備《けいび》員も、わたしのうしろについて店内へ入ってきた。

手前にあったいすに腰《こし》かけると、彼《かれ》はぼうしをぬいでにっこりと笑いかけた。

「なんです、そのお願いって?」

わたしも、警備《けいび》員に合わせおだやかにたずねた。

「いやあ、実はね。少しまえから気になることがありましてね」

「気になること?」

「ええ、まぁたいしたことじゃないんだが……」

警備《けいび》員の顔が少しずつくもっていく。

「なんです？　なんでもいってくださいよ」

「電源《でんげん》をね……」

「電源《でんげん》？」

「そう。電源《でんげん》をしっかり落としてから、帰ってほしいんですわ」

「電源《でんげん》って、店の中のってことですよね？」

わたしは意外な〝お願い〟におどろいた。

「そうそう電源《でんげん》。ここは、集中ブレーカーじゃないんですか？」

「もちろん個別のものと、一括《いっかつ》して電源《でんげん》を落とせるのと二通り設置していますが、通常閉店後《へいてん》は、一括《いっかつ》して落ちるメインのブレーカーを落として帰りますよ。ほら、これです」

わたしはそういって、ブレーカーボックスを見せていった。

「ごらんの通り、いまもこうして落ちていますよね？　これをこう上げると……」

そういいながら、警備《けいび》員にひときわ大きなメインブレーカーを上げて見せた。

そのとたん店内に、すべての機械から発せられるテストサウンドが鳴りひびいた。

「ありゃりゃ本当だな。……じゃあ、あれはいったい……？」

警備員《けいび》が不思議そうに首をかしげている。

「なんですなんです？　なんかあったんですか？」

わたしが急《せ》かすと、年配の警備員《けいび》はゆっくりと語りだした。

「実はねぇ、ここんとこ夜中になるとね……。

ほら、わたしらは、このビルすべての警備《けいび》を任されてますからね。時間ごとに回るところを決めて歩くんですが、おたくの店を見るのは、だいたい夜中の一時半くらいなんですわ……。

最初にあれに気づいたのはほれ、いつもめがねかけてる、もうひとりの方ね。

彼《かれ》が警備室《けいび》にもどってきて『ゲームセンターの中から人の声がする』っていうんですよ」

「ええっ！　うちの店……ここからってことですか!?」

「そういうことですな。それ聞いてわたしもおどろいて『開けてみたのかい？』って、彼《かれ》に聞くと、『おそろしいから開けてない』っていうんでね。

それで、『じゃあいっしょに行こう』てんでね、ふたりでそうっと、裏口《うらぐち》を開けて見たんです」

「そっ、そしたら？」

ゴクッとわたしののどが鳴った。

「いやいや、そうしたらね、なんてこたあない。一台のゲーム機がつけっぱなしになっていて、そこから人の声が出てたんですな」

「ああ、それで『電源《でんげん》』と、いったんですか？」

「そうなんですがね……」

すでに書いた通り、電源供給《でんげんきょうきゅう》のしくみからいって、一台だけが稼動《かどう》することはありえない。

「どの台が動いていたか、覚えてますか？」

「いやそれがね、『ああ、ゲームか』ってことで安心しちゃったんで、どれかってのは定かじゃないんです。

でもね、確か……そのあたりの台だったと思いますよ」

そういいながら警備員《けいび》は、マージャン系《けい》のゲームを集めたあたりを指さした。

「基本的に、メインブレーカーを落とせば、すべてOKじゃなくてね。

申し訳《わけ》ないんだけど、今日からは個別のブレーカーもそれぞれ落として帰っていただけますか？」

「わかりました。そうしましょう」

警備員《けいび》から聞いた話を、わたしはアルバイトの子たちにも共有して、閉店時《へいてん》にはすべてのブレーカーを落とすように通達した。


ところが一夜明けた翌日《よくじつ》のこと、アルバイトの男の子からわたしに電話が入った。

「すみません。いま店を開けようとしたら、警備《けいび》のおじさんにつかまっちゃいましてね。なんかぼくではわからないことをいってるんで、すぐにきてもらえませんか？」

取り急ぎ店へ行ってみると、昨日の警備員《けいび》が待っていた。

「中村さん、あんただめだよ！　もしかしてブレーカー通さないで、違法《いほう》に電源《でんげん》取ってるんじゃないの!?」

「おいおいおじさん！　いうにこと欠いて『違法《いほう》』とはおだやかじゃないな！　いったいどういうことだよ？」

「どうもこうもないよ！　また昨夜ここから人の声がするからのぞいたら、機械が一台動いてたんだ。

こんどはおれが、この目でしかと確認《かくにん》したんだからまちがいない。

ほら！　この台だよ。ちゃんとおれはこの目で確認《かくにん》したんだからな」

警備《けいび》員が、興奮《こうふん》しながらふるえる指で示した機械……。

それは例のマージャンゲームだった。

「しかもなんだいこりゃ！　趣味《しゅみ》の悪い！」

「しゅ、趣味《しゅみ》が悪い？」

「ここへは、子どもが多く出入りするそうじゃないか？　それなのにあんた、あんなものを見せるだなんて……」

声を荒《あら》らげて警備《けいび》員がいった。

「いや、確かに教育的かどうかといわれれば、決していいものではないかもしれんが……」

「ああそうだよ。画面いっぱいに血だらけの女の顔が張りついて、痛《いた》いだ、苦しいだってうめいてよ。あんた、こんなの子どもにやらせるのは問題だぞ！」

警備《けいび》員がいった言葉に、わたしは凍《こお》りついた。

「いやいや、警備《けいび》員さん、ちょっと待ってくれ」

「なんだい！」

「これは……この台はそんなゲームじゃないんだ」

「だっておれは現にこの目で！」

いってもわからないならと、わたしは実際に電源《でんげん》を入れて見せ、硬貨《こうか》を投入してゲーム内容を確認《かくにん》してもらった。

「いやちがう。これは……ちがうぞ」

画面を凝視《ぎょうし》しながら警備《けいび》員がつぶやくようにいった。

「ね？　ちがうでしょ？」

「そうじゃない！　おれがいってるのは、そういう意味じゃないんだ。こんな漫画《まんが》みたいな絵じゃなく、もっとこう……なんてぇかなぁ、まるで写真のような、映《えい》画《が》のような女だった」

当時、実写を取りいれたゲーム機など、まだどこにも存在《そんざい》していなかった。

「わかりました、わかりました。じゃあこうしましょう。

万が一また声が聞こえたりしたら、すぐにぼくの自宅《じたく》へ電話をください。すぐ飛んでいきますから」

正直いって、わたしはその時点で、警備員《けいび》の話を信じていなかった。

そしてその後、まさか自分があんな目にあうということも、想像だにしていなかったのだ。

その晩《ばん》、いつも通り店を閉《し》めたわたしは、帰宅《きたく》後シャワーを浴びて深夜番組を見ていた。

そこへ電話の音が鳴りひびいた。

「もっ、もしもしっ！　警備《けいび》室だけどねっ！　い、いま聞こえてるよ！　いつになく大声だ！　すぐきて……」

わたしは、最後まで聞かずに受話器を投げるように置くと、サンダルをつっかけて車に飛びのった。

車を飛ばせば、店まではものの十分ほど。駐車場《ちゅうしゃ》に車を乗りすてると、わたしはフェンスを飛びこえて裏口《うらぐち》にむかった。

店のドアのまえでは、身じろぎもせず、じっとたたずむふたりの警備員《けいび》の姿《すがた》が見えた。

「ああ、中村さん中村さん！　ほ、ほら、き、聞こえるでしょう？」

そういわれてわたしはドアに耳をつけ、中のようすを探《さぐ》るがなにも聞こえない。

「おっかしいなぁ？　さっきまであんなにさわいでたのに……」

「さわいでた？」

「そうですよ！　なんだか意味不明なことを、それもすさまじく気味の悪い声で『ぎゃっぎゃっ』とね」

「と、とにかく開けてみましょう」

そういってドアに手をかけたわたしを、警備員《けいび》が止めた。

「いやいや！　ひとまず警察《けいさつ》を呼《よ》んだ方が……」

「ばかな！　そんなものは必要ありませんよ」

わたしは金属製のボタンがならんだかぎを、一文字ずつおして、ロックを解除《かいじょ》していった。

最後の数字をおすと、〝カツン〟と軽い音がして施錠《せじょう》が解けたことを知らせた。

ノブをつかんでゆっくりと回す。

ドアのすき間が中にむかって一センチ……二センチと広がっていく。

五センチ……六センチ……そして、十センチほど開いたときだった！

カツッカツッカツッカツッカツッ!!

店のおくからこちらにむかって、急ぎ足で迫《せま》ってくる足音……。それはヒールの音だった。

「なっ！　だ、だれ……」

わたしがさけんだ瞬間《しゅんかん》だった。

漆黒《しっこく》の闇《やみ》の中から現れた真っ白な手が、わずかなすき間からのぞくわたしの手首を、ぎゅっとつかんだのだ！

うわああああっ!!

そのようすを、横にいたふたりの警備員《けいび》もしっかりと見ていた。

思わず手をひっこめたのと同時に、床《ゆか》にしりもちをついたわたしに、いつもの警備員《けいび》がさけんだ。

「中村さん！　すぐに警察呼《けいさつよ》びますから、ロ、ロックを！」

店内へ出入りするとしたら、表の自動ドアをのぞいてこの裏口《うらぐち》しかない。自動ドアは施錠《せじょう》してあるうえに、いまは電動のシャッターが下がっているため、ここさえおさえれば、どこにもにげようがないのだ。


数分後、警備《けいび》室から緊急要請《きんきゅうようせい》し、警察官《けいさつかん》六名が到着《とうちゃく》した。

裏口《うらぐち》の施錠《せじょう》を開放すると、棍棒《こんぼう》を構えて店内へふみこむ。

わたしは即座《そくざ》に配電盤《はいでんばん》のスイッチを入れ、店内は昼間のような明るさになった。

警察官《けいさつかん》が店内をひと通り確認《かくにん》していった。

「だれかが侵入《しんにゅう》した形跡《けいせき》はありませんね。天井《てんじょう》を破ったとか、かべをぶちぬいたとかいう形跡《けいせき》もない。

いわばここは、完全な密室《みっしつ》ですからね。本当に人がいたんですか？」

不思議といえば不思議、当然といえば当然だが、店の中には人っ子ひとり見あたらなかった。

その後、警察官《けいさつかん》は警備員《けいび》ふたりから事情聴取《ちょうしゅ》を行ってもどっていった。

ここ数日、夜中になると人の声がする……ゲーム機に女性の顔が浮《う》かんだ……などといった証言を警備員《けいび》から取っていったらしい。


わたしは、なんだか釈然《しゃくぜん》としないまま家にむかおうとしていたが、車を運転している最中に、ある異変《いへん》に気づいた。

「あ……い、いたたっ！」

突然《とつぜん》、右手首に激痛《げきつう》が走った。

左手でつかんでみると、ドクドクと脈を打っているようで、異常《いじょう》に熱い。

家の駐車《ちゅうしゃ》スペースに車を置き、急いで部屋へもどって、腕《うで》をまくってみておどろいた。

手首が真っ赤にはれあがっている。しかもまだらに……。

「こ、これ!!」

まだらじゃない……。

手、いや、あきらかに指の形になっている。

さっき店の裏口《うらぐち》で、暗闇《くらやみ》からのびた手にがっとつかまれた、そのあとだったのだ。

翌日《よくじつ》、あのマージャンゲームを持ってきた本人に聞くのが手っとりばやいと、わたしは、朝いちばんに中鉢《ちゅうばち》に連絡《れんらく》した。

内容を話さず「すぐきてくれ」とだけ伝え、中鉢《ちゅうばち》の到着《とうちゃく》を待った。

三十分後、やってきた中鉢《ちゅうばち》の口から、とんでもない事実があきらかとなった。

「そうですか。そんなことが……」

「そうですか、じゃねえよな。これはあの機械になんらかの原因があるとしか……」

「じっ、実はですね……」

中鉢《ちゅうばち》は意を決したように話しだした。

「実はあの台は、例の……ね。あの事件のあった店に置かれていたものでして」

「事件？　なんの事件だよ？」

「このあいだ、テレビや新聞にも、でかくのってたじゃないですか。

ゲーム喫茶《きっさ》で、オーナーの女性がさし殺されて、売上金のいっさいをうばわれたって事件。

あれです」

確かにその事件は知っていたし、当時さまざまな場所で、同じような事件が起きていたことも事実だった。

中鉢《ちゅうばち》が続けた。

「実はあの事件、わたしが第一発見者だったんです。

いつものように集金にうかがったら、オーナーの女性がちょうど、あの台のところで亡《な》くなってたんですよ。全身めったざしにされて、それはひどいありさまでした……」

〝念の結晶《けっしょう》〟という言葉がある。

なんらかの強い思いをいだくと、その生き死ににかかわらず念が具現化するというものだ。

その台にも、殺された女性オーナーの強い念が残っていたのだろうか。

その台を売り払《はら》ってしばらくすると、手のはれも引き、おかしな現象はいっさい起こらなくなった。

戦火の記憶《きおく》

大阪《おおさか》に住む友人の北川さんから、つい最近こんな話を聞いた。

仕事で失敗が続き、身心共にかなり追いつめられていたころ、食事もうまくとれなくなり、無理に食べてはトイレにかけこむという日が続いていた。

そんなある日のこと。

人通りの少ない裏道《うらみち》を、北川さんは、ぼんやりしながら自転車をこいで進んでいた。

(これから、どないしょう……)

次の日に待ちかまえている仕事に、どうしても行く気力がわかない。

(いっそこのままやめてしまおうか……)

そんなことを考えているときだった。

……ウギャアアアアア

……アアアアァァァァァ

……キャアアアァァァァ

突然《とつぜん》、背後《はいご》から耳をつんざくような甲高《かんだか》いさけび声と、悲鳴がわきあがり、北川さんはその場で飛びあがりそうになった。

それは老若男女《ろうにゃくなんにょ》の入りまじった怒号《どごう》にも似た声で、せっぱつまったような感じで発せられており、ものすごい緊迫《きんぱく》感が伝わってくる。

その声に完全に不意をつかれた北川さんは、バランスをくずして、もう少しで乗っていた自転車がたおれそうになったものの、かろうじてふんばった。

……ウギャアアアアアァァァ

……アアアアアァァァ

呆然《ぼうぜん》と立ちつくす北川さんの耳には、まだあのするどいさけび声が聞こえていた。

北川さんは体勢を整え、ゆっくりとさけび声がする方へ首をむけた。

プールの帰りなのか、小学校低学年くらいの子どもたちが手をつなぎ、にこにこしながら目のまえを通りすぎていく。

（もしやいまのは、この子たちの声か……？）

北川さんはそう思ったが、そこでふとあることに気がついた。

北川さんは以前ある病気にかかり、現在は左側の耳がまったく聞こえない。

にもかかわらず、先ほど聞こえてきた甲高《かんだか》いさけび声は、聞こえないはずの左耳から、それもかなりはっきりとした調子で聞こえていたのだ。


北川さんがいる場所の左側には、ある市立公園が広がっていた。その公園には、数十年まえ、身元確認《かくにん》されることもなく多くの市民がうめられた。

（そういえば、さっきの悲鳴……どう考えても尋常《じんじょう》ではなかったよなぁ）

季節は夏。

（あっ、今日は……?!　終戦記念日でもないから、大事なことを忘《わす》れとった……）

1945年3月から終戦日前日の8月14日まで、数回に分けて行われ、なんの罪もない一万人以上の一般《いっぱん》市民が殺された大阪大空襲《おおさかだいくうしゅう》。

その日は、大阪大空襲《おおさかだいくうしゅう》が行われた日だった。

そして、そのさけび声を聞いた瞬間《しゅんかん》から、それまでずっと北川さんに続いていたわずらわしさや、背中《せなか》にへばりつくようなだるさが、いっぺんに〝はがれおちた〟ようだった。

たそがれのように薄《うす》ぐらかった周りの景色が、急に色を付けて目に飛びこんできた。

それまで無音だった町に、ようやく道路を行きかう人や車の活気がもどり、ずっと夕方のような感覚だったのが、いまが真夏の真昼間であることにやっと気づくことができたのだという。

「いったいなにがどうなって、あないな声が聞こえたのかわからへん。

でも、だいじょうぶ！　おれにはちゃんと明日がくるんだから！

亡《な》くなった人たちの分まで、一生懸命《いっしょうけんめい》生きなくちゃ!」
北川さんはそう心に刻《きざ》み、今日も大阪《おおさか》で元気に暮《く》らしている。

廃《はい》屋《おく》の少女

小学校高学年のころ、わたしが住んでいた町の一角に、もうだれも住まなくなった長屋が密《みっ》集《しゅう》した場所があった。

その日、公園の遊具や、原っぱでの草野球にあきたわたしたちは、その長屋探検《たんけん》に出むくこととなった。

木造平屋の建物が合わせて十数棟《むね》あり、そのすべてが三つ軒《のき》を連ねた、いわゆる〝三軒長《さんげんなが》屋《や》〟というものだ。

はしから一軒《けん》ずつ見てまわり、やはりどこにも人の姿《すがた》はなく、そのすべてが空き家であることを再確認《かくにん》して歩く。

「中村、中村、ちょっとこっちきてくれ！　ほら！　な？　かぎ開いてるぞここ」

いっしょに歩いていた伊東《いとう》が、むこうでなにかを見つけたようで、しきりにわたしの名を呼《よ》んでいる。

いちばんおくまった棟《むね》の、さらにいちばんおく。

確かにその玄関《げんかん》にはかぎがかかっておらず、ちょっと力を入れただけで、引き戸がカラカラと音を立てて開いた。

おそるおそる土間に足をふみいれると、なんともいえない、古い家独特のすえたにおいが鼻をつく。

ひとつとして家財道具のない家の中は、一面にほこりが積もり、とてもではないがくつをぬいで上がる気にはなれない。

他《ほか》の場所を見てあるいていた連中も、いつのまにかその家へ集まり、土足のまま、どやどやと家の中へ上がりこんできた。

カーテンのない裏窓《うらまど》から差しこむ陽光が、まいあがったほこりをうかびあがらせていた。

その日以来、その空き家がわたしたちの遊び場となり、だれいうとなく〝秘密《ひみつ》基地〟と命名された。

その秘密《ひみつ》基地へ通いだして何日かたったころ。

特にだれかと約束をしていたわけではなかったが、わたしはひとりでその空き家へと足を運んだ。

人気のない長屋の路地をぬけ、すでに通いなれた、おくの棟《むね》を目指して自転車をこぐ。

路地のつきあたりに近づき、いつもの場所に自転車を止めようとして、わたしは一瞬《いっしゅん》はっとした。

玄関《げんかん》の左横にある窓《まど》が開いている……。

(家の中に大人がいて、ぼくたちがそこで遊んでいたことを知り、しかってやろうと待ちかまえている！)

わたしは、瞬間《しゅんかん》的にそう考えた。

変にものごとを深読みし、結果徒労に終わる……。いまもって、わたしのこの性格は健在だ。

そのときも、わたしの心配は徒労に終わったと思われた。

「遅《おそ》かったねっ！」

「うわっ……と、びっくりしたぁ！」

突然《とつぜん》その窓《まど》から顔をのぞかせたのは、わたしと同い年くらいの、ぽっちゃりとした女の子。

初めて見たその顔にしどろもどろになっているわたしにむかって、女の子はいった。

「家の中入ったら？　待っててても今日はだれもこないから、さっきお部屋をそうじしちゃった。だからきれいだよ、ほら！」

そううながされて、わたしはいつものように、土足で玄関《げんかん》から上がろうとした。

「ああ、だめだめ！　ちゃんとくつはそこでぬいで上がってちょうだい」

まるで母親のような口調に一瞬《いっしゅん》どきっとして、わたしは思わずそれに従《したが》い、くつをぬいで居間へと上がった。

彼女《かのじょ》がいったことは本当で、昨日まであれだけよごれていたたたみや板の間は、実にきれいになっており、どこを見ても薄《うす》よごれた廃屋《はいおく》という雰囲気《ふんいき》はない。

あっけにとられて周りを見まわしていたわたしに、彼女《かのじょ》が近づいてきていった。

「あたしミチコよ。あなたは？」

「え……あ、ああ、まさみ、中村まさみ」

「そう、じゃあ、まさみくんね。お友だちの印に……はい、これどうぞ」

そういって彼女《かのじょ》が差しだしてきたのは、真っ赤な小さい丸いもの。

手にとってみると、それは小さいながらも、まさしくリンゴそのもの。

「これね、姫《ひめ》リンゴっていうのよ。もしかして、まさみくん、初めて見たの？」

「こ、こんな小さなリンゴ、見たことないよ。……食べられるのかい？」

「失礼ね～。ちゃんと食べられるってば！」

ミチコはそういうなり、自分の分のリンゴを口にほおばり、しゃりしゃりと食べて見せた。

わたしもそれにならってひと口かんでみたが、すっぱさが真っ先にほとばしるものの、甘《あま》みも香《かお》りも、ふつうのリンゴと変わらなかった。


そうして、ふたりでいくつかの姫《ひめ》リンゴを食べたあと、突然《とつぜん》、ミチコがこんなことをいいだした。

「ひとりって……さびしいよね」

その言葉にびっくりして、わたしが思わず彼女《かのじょ》の方をむくと、それまでのにこやかな顔とは打ってかわり、眉間《みけん》にしわを寄せたけわしい表情をして、じっと一点を見つめている。

その視線《しせん》の先にあるのは、〝おしいれ〟だった。

「ひとりって……ぼくがいるじゃない？ それに、もうすぐ他《ほか》の友だちもくるだろうしさ」

なぐさめるようにわたしがそういうと、ミチコはいきなりわたしの手をつかんで、ぐいっと自分の方へ引きよせた。

その力はまったく子どものそれではなく、まるでなにかの機械に引っぱられるような、そんな無情さのある力だったことを、いまでも思いだすことができる。

ものすごい力でわたしの手首をつかんだまま、ミチコは表情ひとつ変えずにおしいれへ近づき、もう片方《かたほう》の手ですっとふすまを開けはなった。

二段《だん》になった内側の下の部分を指さすと、わたしの手をはなし、自らそこへ入って中からふすまを閉《し》めてしまった。

「ううぅ……うう……」

ほどなくして、中から嗚咽《おえつ》がもれはじめ、心配になったわたしは何度も外から声をかけた。

閉《し》まったふすまを開けようとしても、ふすまはがんとして開かず、ミチコも一向に出てこようとしない。

「ねえ、だいじょうぶ？　出てきて話そうよ……ねえ、出てこられない？」

そのままにして帰るのがはばかられたわたしは、なんとかなぐさめてこちらへ出てくるよううながしたが、おしいれの中の少女は依然《いぜん》として泣きつづけている。

どのくらいそうしていただろうか……。そろそろ日もかたむいてきた。

「ね、ねえ、なんか今日は、他《ほか》の友だちもこないみたいだしさ。そろそろ、ぼく帰るね」

ふすまに近づき、わたしは中のミチコにそう声をかけた。

と、そのとたん！


う……うう……うえええええぇぇぇ！

おえええええぇぇぇぇっ！　げえええええぇぇぇぇぇっ！

一瞬《いっしゅん》えずいたかと思うと、ミチコはおしいれの中で激《はげ》しく吐《は》きだしたようだった。

そのようすをわたしは表側で聞き、ふすまを開けようと、あわててふすまに手をかけた。

「開けないでっ！　だいじょうぶだから……開けないで」

「だ、だって、苦しそうじゃないか！　そ、そうだ！　君の家どこ？　家の人を呼《よ》んで……」

とっさに思いついて、わたしがミチコにそういった瞬間《しゅんかん》だった。

「わぁだぁじぃの……いぃえぇはぁ……ごぉごぉよぉぉぉぉ」

まるで、ビニールぶくろかなにかを、頭からかぶったまま発したかのような、妙《みょう》にくぐもった声がして、同時に、ズッ！　という音とともに、ふすまが二十センチほど開いた。

「あ、やっと出てくるん……えっ!!」

思わずその二十センチのすき間に目をやったわたしは、おどろきのあまりその場からあとずさりした。

開いたすき間から、横になったミチコが、鼻から上だけをのぞかせている。

しかし、そこにいるのは、先ほどまでわたしと話をしていた、明るくやさしいミチコではなかった。

ひふ全体に黒くうき出た血管が走り、なによりも目が……目がちがっているのだ。

かっと見開かれたまぶた、そのおくでギョロギョロと動きまわる瞳《ひとみ》は、左右でめちゃくちゃな動きをしている。

「な、なに!?　ねえ、なに!?　なにこれ!?」

わたしはなにがなんだかわけがわからなくなり、玄関《げんかん》から飛びだすと、ちょうどそこに友人の大林がいた。

あわてふためくわたしをみて、大林はけげんな顔をしながらいった。

「そんなにあわてて、どうしたのまさみ？　なんかあったの??」

「お、おし、おしいれっ！　お、おしいれにっ！」

いま見たことを説明しようとするのだが、言葉にならない。

「おしいれ？　おしいれって……ここの家のおしいれ？」

大林はそういいながら、開いたままになっている窓《まど》から、家の中をのぞきこんだ。

わたしもいっしょにのぞいてみるものの、ふすまはふたたび閉《と》じられていて、見た目に変わったところはない。

友だちが現れたことで気が大きくなったわたしは、大林をともなってふたたび玄関《げんかん》へとふみいった。


上がりかまちに足をかけたとき、ふと先ほどのミチコの言葉が頭をよぎった。

(待ってても今日はだれもこないから、さっきお部屋をそうじしちゃった)

改めて部屋の中を見まわすが、そこは数日まえとなにも変わらず、一面に積もったほこりがすべてをおおっていた。たたみや床《ゆか》の上には、以前わたしたちが歩きまわったと思われる、くつあとがたくさんついていた。

「なにしてんのさまさみ？　早く上がんなよ」

大林はそういいながら、わたしをおしのけて部屋へと上がり、おしいれのふすまに手をかけようとしている。

「ちょ、ちょっと待ってくれ、大林！」

わたしはあわてて大林を止めた。

「……なんだよ？　なんだかさっきからおかしいぞ、おまえ」

「いいから。いいから、ちょっとそこどけ」

わたしはそういっておしいれへと近づき、ふすまを数回ノックしたあと、中にいるはずのミチコに声をかけた。

「ミチコちゃん、開けるよ？　もうだいじょうぶだよね？」

大林はぽかんと口を開け、あきれたような顔をしてわたしを見ている。

当然といえば当然だが、そのあからさまなあきれ顔に腹《はら》が立ったわたしは、主語をつけない雑なセリフをはきすてた。

「いるんだよ、中によ！」

「……だれがだよ？」

「ミ、ミチコちゃんだよ」

「ばかかおまえ！　なんでおしいれの中に、女の子がいるってんだよ！」

大林はそういうなり、めいっぱい力をこめて、ふすまを一気に開けはなった。

「ほら見ろ！　だれもいねえじゃ……。あれ？　なんだこれ？」

大林のいう通り、おしいれの中にはネコの子一匹《ぴき》見あたらなかった。

だが、ミチコがいたはずの場所には、竹で編んだかごが置かれてあり、その中には小さな姫《ひめ》リンゴが山のように積んであった。

その後、大林はわたしをうそつき呼《よ》ばわりし、それにキレたわたしと、その場で取っくみあいになったことはいうまでもない。

ちなみに、これには少々気味の悪い後日談があるのだが、それはまた別の機会に……。

姥《うば》捨《す》て山

日本全国に伝えられる、姥《うば》捨《す》て山伝説。

〝老人を口減らしのために山へ捨《す》てるべし〟という、国の長《おさ》から発せられた〝おふれ〟により、年老いた父母を背負《せお》い、おく深い山中に置きざりにするという棄老《きろう》伝説だ。

実際に姥《うば》捨《す》てに関する法令などが、公的に残っているわけではなく、すべて作り話とするむきもあるだろう。しかし同様のいいつたえ、民話、伝承は日本全国で見られ、いまでも地名に残す場所もあり、小説や映画《えいが》にもなっている。

十年ほどまえ、わたしはひとりで、関東近県にある一軒《けん》のひなびた温泉《おんせん》宿におもむいた。近くに秘湯《ひとう》とされる天然温泉《おんせん》がわきでていて、入り口に設置された木箱に百円を投入すれば、だれでも時間を気にせず入浴することができる。

ただひとつ、注意しなければならないのは、ときおり野生のサルに出くわすこと。サルが大きらいなわたしにとっては、へたな幽霊《ゆうれい》と出くわす以上のやっかいごとなのだ。


夕方、宿に到着《とうちゃく》したわたしは、早々に身じたくを整えると、自前のげたにはきかえ、湯けむりのわきたつ温泉《おんせん》場へと足を運んだ。

ゆかたをぬいで風呂《ふろ》場に入ると、そこには先客がいた。

老人がひとり、もうもうと立ちのぼる湯けむりの中で、湯にとっぷりと首までつかっているのが見てとれる。

「こんにちは。ごいっしょさせていただきます」

わたしは、かけ湯をして、ひと声かけて湯船に入った。

「ああ、こりゃどうも……」

そのイントネーションは、地元の人のようだった。

熱めの湯に長くつかっていたと見えて、にっこりと笑いかけるその顔は、まるで紅葉《こうよう》のようになっている。

「あなたは……どちらから？」

「ぼくは東京からです。おじいさんはこの辺の方ですね？」

そんなやりとりを交《か》わしながら、はらはらとまいおちる木の葉を、わたしは目で追ってみた。

周囲を山に囲まれたその場所は、何百年もの昔から、地元の人たちに親しまれ、戦《いくさ》で負傷《ふしょう》した落人《おちうど》たちが、刀傷《とうしょう》をいやしたというういいつたえもあるのだと、老人が教えてくれた。

老人は少しだまると、つぶやくように話を続けた。

「当時からここらは、本当に貧しい村でな。お上からの厳《きび》しいしめつけに、みんなひいひいいいながら、年貢《ねんぐ》を納《おさ》めとった……」

「このあたりでは、よく同じような話を聞きますね」

わたしがいうと、老人は大きく息をついて続けた。

「そうじゃろそうじゃろ。ことにこの辺は厳《きび》しくてな……。

できあがった米は全部お上に献上《けんじょう》し、自分らの口に入るものといえば、ヒエやアワ……。それさえないときには、どんぐりも口にした。

そんな暮《く》らしに嫌気《いやけ》がさした若者《わかもの》たちが決起して、その昔は一揆《いっき》も起こったそうじゃ……」

(お、重い。この話題は、あまりに重すぎる！)

わたしはなんとか明るい話題に持っていこうと、ここで奮起《ふんき》した。

「しかし、ここからの景色は最高ですね。色づきかけた山々が、目のまえまで迫《せま》って……」

「わたしらにとって、山は不吉《ふきつ》そのものです」

「えっ……」

わたしの奮起《ふんき》はむなしく終わった。それどころか、老人はひときわ厳《きび》しい声でこう続けた。

「あの山にも、この山にも、悲しみを背負《せお》って登る者が大勢……」

わたしは、これは姥捨《うばす》て伝説だと直感した。

決して興味本位ではなく、わたしの中にある〝善《ぜん》〟が頭をもたげ、昔の非人道的で理不尽《りふじん》な法に腹《はら》が立ってきた。

「でもね、おじいさん。本当にそんな非道な『おふれ』が下ったなら、なぜ当時の人は、お年寄りを連れてにげなかったんでしょう？

いくらそれがお上の命令だからといって、自分を生んでくれた父母を、山のおく深くに捨《す》てられるものでしょうか？」

　わたしがそういったとたん、それまですぐ近くにいたはずの老人が、湯けむりにかすみながら、すーっと遠ざかるのが見えた。

　ひょうたん形の湯船の一方のはしにわたしがいて、老人が反対のはしにいるくらいに離《はな》れた感じだった。

　同時に、立ちのぼる湯けむりがいっそう濃《こ》くなっていき、周囲がまるで見えない状態の中、ひときわ低い老人の声がひびいた。

「……あんたにゃあ、わかるまい」

「あの、おじいさん。ごめんなさい、なにも知らないで生意気なことを……」

　わたしの言葉など聞こえていないように、老人はなおも低い声で続けた。

「にげられるものならにげもしよう。隠《かく》せるものなら隠《かく》しもしよう。血の涙《なみだ》を……血の涙《なみだ》を流して連れだつ気持ち……あんたにゃあ、わかるまいよ」

老人は、そう言ったきり静かになった。

気になったわたしは、その後なんども呼《よ》びかけたが、返答がない。

ざわざわと胸《むな》さわぎがして、落ちつかなくなったわたしは、湯から上がり、そのむこうにいるはずの人影《ひとかげ》を捜《さが》してみたが、ネコの子一匹《ぴき》見つけることはできなかった。

だれひとりいないというその状態にいたたまれなくなり、わたしは風呂《ふろ》場を出ると、そそくさと着がえて自分の部屋へととってかえした。

その晩《ばん》は地酒にほろよいになり、旅のつかれもあって、早めにふとんにもぐりこんだのだが、目をつぶると温泉《おんせん》での光景がよみがえり、なかなか寝《ね》つくことができない。

まくら元に置いた携帯《けいたい》電話でメールをチェックしようと、わたしはふとんから手を出した。

と、そのとたん！

がっと手首をつかまれ、そのまま床《とこ》の間がある方へ、ぐぐぐっと体のむきを変えられてしまった。

不思議と、恐怖感《きょうふ》はまったくなかった。

わたしが顔をむけられた側には、14型くらいの古いテレビが置かれていて、点《つ》けた覚えのない画面には、ザーザーと砂《すな》の嵐《あらし》が映《うつ》しだされている。

いまのテレビは二十四時間終わることがないが、昔は二十四時あたりをすぎるとザーッとした音を発しながら画面に〝砂《すな》の嵐《あらし》〟と俗称《ぞくしょう》されるグレーっぽい点の集合体の画面が映《うつ》しだされていた。

砂《すな》の嵐《あらし》の画面など、とうにない時代なのに、なぜかそのときには同様の画面になっており、わたしは、その中になにか動くものがあることに気づいた。

そこに集中していると、だんだんとなにかが形を成していくのが見てとれた。

画面の中央に大きく囲ったいろりがあり、大きなはりのある天井《てんじょう》からは、鍋《なべ》が下がっている。

鍋《なべ》の少し上に魚の形をした横木がついていて、そのむこうに人影《ひとかげ》が見てとれた。

と、その瞬間《しゅんかん》、わたしはその画面の中に入っていた。

入っているのだが、そこにいる人物にわたしは認識《にんしき》されていないようだった。

「おまえの生まれた日にの。山へ放らにゃならんとは」

「明日になりゃあ、お上のお沙汰《さた》があるで。なんてかんて今夜立たにゃならん。すまんが、上まで供《とも》してくれろ」

わたしはそこにいるのに、それにはまったく構わず、夫婦の会話が交《か》わされていく。

夫は妻の肩《かた》を抱《だ》いて、おいおいと泣いたあと、意を決したように立ちあがると、足の悪い妻をかばいながら、ちょうちんを手に夜の道を歩きだした。

わたしは、ふたりを追いながら、いっしょにおいおいと泣いていた。

途中《とちゅう》にあるお地蔵《じぞう》さんに手を合わせ、家から持ってきた供《そな》えものを置いたあと、ふたりは左へ折れて歩きだした。

その道の先には、真っ黒くそびえる山が待ちうけている。

すると、不意にふたりが立ちどまり、夫がこちらへむき直ってこういった。

「あんたぁ、もうええ。もうええんじゃ。自分の元へもどりなせ」

そういわれたとたん、うしろからものすごい力で引っぱられるような感覚におちいり、わたしは、ザザーッという大きな音で我《われ》にかえると、元どおり宿のふとんの上にいた。

依然《いぜん》として、目のまえのテレビは点《つ》いた状態で、画面の砂《すな》の嵐《あらし》がすさまじい音量で、ザーザーとノイズをまきちらしている。

一気に目が覚めてしまったわたしは、まくら元に置いてあったあんどんのスイッチを入れ、タバコを吸《す》おうとふとんから抜《ぬ》けだした。

「ん？　なんだこれ？」

灰皿《はいざら》をたぐりよせようと手をのばすと、先ほどまでそこになかったなにかが、卓上《たくじょう》に置かれていることに気づいた。

目をこすり、視界《しかい》をはっきりさせて改めて確認《かくにん》すると、そこに置かれていたのは、どんぐりのついた小枝が一本と、大きめのクヌギの枯《か》れ葉にのった、ひとつまみの玄米《げんまい》。

それを見たとたん、わたしは声を殺して泣いた。


どんぐりと米。

その両極端《りょうきょくたん》な二品こそ、この土地の人たちが泣かされた食べ物に他《ほか》ならなかったからだ。

翌朝《よくあさ》、わたしは早々に宿を引きはらい、近くにあった大きな寺を訪《たず》ねた。

そこのご住職に面会を求めると、昨日の夕方から夜中にかけてのできごとを、こと細かに説明した。

するとご住職は目頭をおさえ、こんな話を聞かせてくれた。

その夫妻は須藤《すどう》さんといい、その村に長く住む一族だった。

夫妻の間に子どもはなく、人手が足りないこともあって、農作業は夫婦ふたりでこなしていた。しかし、ふたりでこなす作付けは取るに足らない程度で、満足に米を生産することなどできるはずもない。

それなりの土地を持つ須藤《すどう》家には、それなりの石高《こくだか》が求められていたが、ふたりでそれを納《おさ》めることはとうていできなかった。

悪政はさらに度を越《こ》していき、村中が満足な石高《こくだか》を納《おさ》められないとわかると、今度は農地をそっくり奪《うば》ってしまおうと企《くわだ》てた。

そのうちに姥捨《うばすて》のおふれが出され、須藤《すどう》夫妻は自ら山に入り、まんまとお上は須藤《すどう》家の土地を手に入れた。

わたしが〝出会った〟須藤《すどう》家のことは、その寺で代々語りつがれてきた悲話で、寺が所蔵《しょぞう》する過去帳にもその記録が残されていた。

「須藤《すどう》の家は、妻のヨシ亡《な》きあと絶えています。山へ送ったのは妻だけでなく、その晩《ばん》、夫もいっしょに山に入ったのでしょう。

ひとつ年上の妻を先に山へと送らねばならないことになった。だがそんな非道なことを、夫はできようはずもない。

あなたが見せられたのは、ふたりそろって山へとむかう、いうなれば最後の生き姿《すがた》。

そんな悲しみに満ちた気持ちを、あなたに知ってほしかったのでしょう」

そう話すご住職に案内されて、わたしは須藤《すどう》家の墓前に花を手向《たむ》け、線香《せんこう》を灯して手を合わせた。

卓上《たくじょう》にあったどんぐりと玄米《げんまい》は、いまでも大事に取ってある。

錫《しゃく》杖《じょう》の音

十八歳《さい》になり、念願の車の免許《めんきょ》を取ったばかりのころの話だ。

当時、わたしは同じ車の嗜好《しこう》を持った仲間たちと、和也《かずや》という男の家によく通っていた。

共同玄関《げんかん》に共同トイレ、薄暗《うすぐら》いろうかには裸電球《はだかでんきゅう》が下がり、板張りのろうかは、どんなにそーっと歩いても、ギッシラゴッシラとやかましい。

決して広くはない部屋には、安物の家具たちがならび、一度としてきちんと片《かた》づいているのを見たことがなかった。

でも当時のわたしたちには、そんな彼《かれ》の部屋の居心地がよくて、手みやげにと買いこんだ飲み物やお菓子《かし》を手に、夜な夜なその部屋に集まっては、車やバイクの話に花を咲《さ》かせていた。

そんなある日のことだ。

いつものメンバーが集まり、いつものように代わりばえしない話題でもりあがっていると、メンバーのひとりが突然《とつぜん》こんなことをいいだした。

「おれさ、このあいだ、ひとりで○○の滝《たき》へ行ってみたんだけど、そこでとんでもない目にあっちゃったよ」

そういって、自ら体験したお化けの話（当時は怪談《かいだん》をこう呼《よ》んでいた）を始めた。

それをきっかけに、話題はそっちの方へとかたむいていき、いつのまにか順々に自分の体験談や、人から聞いたことなどを語る、〝ミニ怪談《かいだん》会〟へとシフトしていった。

そのうち順番は、当然ながらわたしにも回ってくる。

そこでわたしは、あるトンネルで体験した、奇妙《きみょう》な体験談を披露《ひろう》した。

話が佳境《かきょう》に入り、そこにいる全員が、眉《まゆ》をひそめて話に耳をかたむけているときだった。

バツンッ！

一瞬《いっしゅん》そんな音がしたかと思うと、部屋中の明かりが一気に消えて、闇《やみ》へと転じたのだ。

お化けの話をしている最中に停電という、とんでもないタイミングのよさに、一同はその場で飛びあがり、その足があたって目のまえにあったテーブルをけりたおすというありさま……。

「うわ、おっかねえ！　早く電気点《つ》けろよっ！」

「おれが消したんじゃねえよ！」

「じゃあだれが消したんだよ！」

そんなことを口々に発し、なかばパニックのような感じになりながら、わたしたちはその場からのがれたい一心で、せまいドアからろうかへとなだれでた。

突然《とつぜん》の停電にうろたえ、部屋から飛びだしてきたのは、我々《われわれ》だけではなかった。

「あれ？　おとなりさんも？　なんだこれ、もしかして建物全体が停電なの⁇」

わたしが聞くと、和也《かずや》の部屋のとなりから出てきた住人がいった。

「まいったなぁ、ストーブも消えちまったよ。この建物の集中ブレーカー、どこにあるんだっけ？」

「それより、大家に電話した方が早いよ」

住人がみんな、ろうかに顔を出し、文句をいいつつ建物中をうろうろしている。

そこでわたしは、ふとあることに気づいた。

ろうかから玄関《げんかん》を見ると、玄関《げんかん》のまえに立っている水銀灯の明かりが差しこんでいる。

ということは、停電はこの建物だけに起こっているわけで、地域《ちいき》一帯におよんでいるものではないということだった。

ああでもないこうでもないと、真っ暗なろうかで、大の男が何人も集まってしていた停電談義も、そのうちおさまり、住人たちは、それぞれの部屋へともどっていった。

「どうする？　このまま暗い部屋の中にいたって、いつ停電が直るかもわからないし、近くのファミレスにでも、いったん避難《ひなん》しようか？」

和也《かずや》の意見に全員一致《いっち》で賛成すると、部屋の中に置いてあるそれぞれの荷物を取りにもどろうとした。

そのとたん、わたしの耳に聞きなれない音が聞こえてきた。

シャリンッ……ドスッ

シャリンッ……ドスッ

シャリンッ……ドスッ

その音を聞いて、わたしの頭の中に思いうかんだのは錫杖《しゃくじょう》だった。

錫杖《しゃくじょう》というのは、長い棒《ぼう》の先に鐶《かん》がかけてあり、つくたびにシャリシャリと音が鳴る、僧《そう》や修験者《しゅげんじゃ》が持ち歩く杖《つえ》のことだ。

いま聞こえたのは、錫杖《しゃくじょう》の音そのものであり、まるで弁慶《べんけい》のような山伏《やまぶし》がそこにいて、のっしのっしと闊歩《かっぽ》しているような、そんな情景がうかんできた。

それが玄関《げんかん》のすぐ先あたりからひびいてくるわけだから、それこそたまったものではない。

「ちょっちょっちょっ、ちょっと静かにしろ！」

そういいながら、わたしは口に人差し指を立てて見せた。

とたんにみんなの動きがぴたりと止まった。

シャリンッ……ドスッ
シャリンッ……ドスッ
シャリンッ……ドスッ

やはりその音は、アパートの外から、先ほどよりも明確に聞こえてきている。

耳をすませてよく聞くと、どうやらその音は、アパートのまえを行ったりきたりしているのがわかった。

わたしたちがそこにたたずんだまま、どれほどの時間そうしていたか定かではないが、外にいる音の主が、そこを往復するのを何度か確認《かくにん》したあたりで、わたしはふたつの事実に気づいてはっとなった。

錫杖《しゃくじょう》の音が、増えている……。

なんと、外を歩く〝山伏《やまぶし》〟の存在《そんざい》が、複数になっていて、さらにろうか全体を取りまくように、霧《きり》のようなものがただよいはじめ、それがゆっくりとうごめいているのだ。

「な、なんだこの音？　外でなにが鳴ってんだ⁇　ふ、ふ、増えてるよな、さっきより？

それに、この霧《きり》はいったい……」

それは、他《ほか》の友人たちにも聞こえているようだった。

気味が悪くなったわたしたち一同は、ふたたび和也《かずや》の部屋の中へと走りこんだ。

「この音は、停電となにか関係しているんじゃないのか？　それにあの霧《きり》だって、もしかしたらなにかが燃えているのかも……」

そういう者もいたが、それを証明する手立ても、根拠《こんきょ》も見つからない。

もしもただよっているのが霧《きり》ではなく煙《けむり》ならば、相当においがするはずだが、どんなに吸《す》いこんでみても、なんのにおいも感じられなかった。

いまはただ、正体不明の山伏《やまぶし》を怖《おそ》れ、明かりのない部屋の中で、息をひそめてじっとしているのが精いっぱいだった。

「さすがにこの位置からは、あの音は聞こえないな。なんだかほっとしたわ……」

ひとりがそんなことを口走った、その瞬間《しゅんかん》！

シャリンッ……ドスッ
シャリンッ……ドスッ
シャリンッ……ドスッ

なんと、それまでは建物のまえから聞こえていたはずのあの音が、ひどく近い場所から聞こえだしたのだ！

和也《かずや》が住んでいるアパートは、建物の中央部分に出入り口があって、玄関《げんかん》を上がると左右にろうかが走っている。

そのろうかを中心として、両側に居室が設けられており、和也《かずや》の住む部屋は玄関《げんかん》から見ていちばんおくに位置している。

部屋にはふたつの窓《まど》があり、ひとつは裏側《うらがわ》、もうひとつは横に付いていて、その横の窓《まど》のすぐ下に、幅《はば》六十センチほどの犬走りがある。

犬走りというのは、建物の外壁《がいへき》にそって、人ひとり通れる程度に設けられたせまい通路のこと。その〝音〟は、犬走りのある横の窓《まど》から聞こえてくるのだった。

〝謎《なぞ》の山伏《やまぶし》〟は、アパートの敷地《しきち》内に侵入《しんにゅう》し、あろうことかそのせまい建物のすき間を、こちらにむかって進んできている。この不気味きわまりない事実に、われわれは戦慄《せんりつ》した。

「うわうわっ！　こっち入ってきたーっ!!」

みんなはそうさけぶなり、全員ふたたびろうかへと転がりでた。

そのとたん、ろうかの明かりがふっと点《つ》いたかと思うと、他《ほか》の部屋からもテレビやラジオの音がもれだした。

そのあたりまえの光景に安堵《あんど》したわたしたちは、その場にへなへなとすわりこんでしまった。

それを機に錫杖《しゃくじょう》の音は消えさり、どんなに耳をすませても、ふたたびその音が聞こえてくることはなかった。

おそるおそるカーテンを開け、外をのぞいてみるが、そこには怪《あや》しいものの痕跡《こんせき》すら残ってはいなかった。

「なんだったんだろうな……？

ていうか、おまえといると、本当にこういうことが起きるよなー！」

仲間たちにそういわれながら、わたしはそれとはなしに時計を見ると、すでに夜中の二時を回っている。

そろそろ帰ろうと、みんなでぞろぞろと外へ出て、自分の車にむかって歩きだす。

わたしも自分の車に近づき、キーをかぎ穴《あな》に差しこんで回しながら、なにげなく車のルーフに目をやった。

（あれっ？）

ここへくるまえに、きれいに洗車《せんしゃ》をすませたはずの車に、なにやら白っぽいよごれがついている。

（なんだろう……？）

そう思いながら、わたしはそれを手でこすってみておどろいた。

なんとそこについていたのは、よごれなどではなく、深くえぐられた傷《きず》だったのだ。

おどろくわたしのうしろで、友人たちからも同様の悲鳴があがった。

三台とも、ついていた傷《きず》は同じ形をしていた。
直径数センチの輪が幾重《いくえ》にも重なった形……。
そう、それこそ、錫杖《しゃくじょう》の上についた鉄の輪の形、そのものだったのだ。

それがいったいなにを意味しているのか。
なんのためにわれわれのところに現れ、それぞれの車に痕跡《こんせき》を残していったのか。
いまとなっても、さっぱり意味がわからない。

菊《きく》丸《まる》のこと

友人の北野は、実家で一匹《ぴき》のネコを飼っていた。

実はこのネコ、近所の川辺で北野の兄が友だちと、真夜中になにが入っているかわからないというおそろしい鍋《なべ》〝闇鍋《やみなべ》〟のパーティーをしているときに、ニャーニャー鳴きながら、土手をこえてやってきたネコだった。

近づいてきた子ネコたちは、全部で六匹《ぴき》。闇鍋《やみなべ》パーティーのメンバーは、奇《く》しくも六人。かわいそうに思ったメンバーが、それぞれ一匹《ぴき》ずつ引きとったが、北野のネコ以外は一年たたないうちに、みんな亡《な》くなるかいなくなってしまった。

あまりにもやんちゃ坊主《ぼうず》なのと、9月9日の重陽の節句にやってきたので、北野家では子ネコに〝菊丸《きくまる》〟と名づけてかわいがった。

ところがこの菊丸《きくまる》、子ネコのときから少し不思議で、変わったところのあるネコだった。

さんざんじゃれついていたかと思うと、急におとなしくなって、人の頭の上あたりをじっと見つめていたり、それまで丸まって寝《ね》ていたのが、いきなり起きだして空中にむかってなにかにじゃれつくようなしぐさをしたり。常になにかと〝たたかっている〟よう……。

ネコを飼うのが初めてだった北野家では、当初、この奇行《きこう》にとまどっていた。

しかし、昔からネコを飼っている友人に聞くと、「ネコっていろいろ変だよ」といわれ、妙《みょう》に納得《なっとく》していた。


中でも、特に家人が不思議に思っていたのが、どこでも寝転《ねころ》がり、いつでもやりたい放題の菊丸《きくまる》が、北野の部屋にだけは、どんなことがあっても入らないということだった。

菊丸《きくまる》をだっこして北野の部屋に連れていっても、するりとぬけだしてしまう。

そのうち北野は〝ネコといっしょに寝《ね》る〟という、ささやかな夢をあきらめることにした。

北野が高校二年になり、学期末試験にむけて、だらだらと自分の部屋で勉強しているときだった。

……ウナァァン

部屋のドアの下あたりから、かすかに菊丸《きくまる》の声が聞こえた。
急いでドアを開けてみると、菊丸《きくまる》が前脚《まえあし》をそろえてちょこんとすわっている。
そして北野を一瞬《いっしゅん》見あげると、すっと部屋の中へ入ってきた。そして、勉強机《づくえ》の上に静かに飛びのったのだ。

いままでそんなことは一度もなかったので、北野はドアを開けたまま立ちつくして、ただ菊《きく》丸《まる》の動きを目で追っていた。すると……。

……フニャッ!!

まるで「ドアを閉《し》めろ！」といいたげな感じで菊丸《きくまる》が鳴き、北野はあわててドアを閉《し》めた。

ドアが閉《し》まったのを見とどけると、菊丸《きくまる》はゆっくりと香箱《こうばこ》すわりをした。香箱《こうばこ》すわりというのはネコの習性のひとつで、前脚後脚《まえあしあとあし》を折りまげて体の下に入れた姿勢《しせい》のこと。もっともネコらしいかっこうをとると、菊丸《きくまる》は目をつぶった。

じっとして動くようすもない菊丸《きくまる》を見て、北野もいすにすわり、勉強の続きを始めた。

その日は夜が更《ふ》けていくにつれ、ぐっと冷えこんでくるのがわかった。

（この部屋、寒いなぁ……）

しばらくして、拍車《はくしゃ》のかかった冷えこみに北野がそんなことを思っていると突然《とつぜん》、耳のおくがキーンと鳴るような冷たい痛《いた》みがおそってきた。

（まずいな、またきたか……）

ここのところ、夜中になると、この〝冷たい痛《いた》み〟がおそい、そのあと、〝なんともいえない変な感じ〟がやってくるのだ。

だれもいないはずなのに、ふっとだれかにのぞきこまれるような感覚があり、しかもそれはかならず右側からくる。

右側をむいてもだれもおらず、気を取りなおしてまた机《つくえ》にむかうと、ふたたび近づいてくる。

これが勉強を止めるまで、延々《えんえん》と続くのだから、たまったものではない。

そのうち、だんだんこの感じに慣れてくると、今度はまたか、またくるか……という、余計なことに気が行ってしまい、勉強にまったく集中することができない。


(今夜もまたきたか……)

そう北野がなかばあきらめかけたときだった。

……ウウゥ

寝《ね》ているはずの菊丸《きくまる》が、香箱《こうばこ》すわりのまま、低くうなっている。

びっくりして菊丸《きくまる》の顔を見ると、目をこれでもかというくらい真ん丸に開き、じっと北野を見つめている。

(い、いや、おれじゃない。おれの……右側……?)

そう気づいた瞬間《しゅんかん》だった。

フギャーギャー……ウウウウウーッ!!

いままで聞いたことのない、耳をつんざくような、どすのきいた声で、菊丸《きくまる》が激《はげ》しく鳴きだしたのだ!

そのとたん、北野のうしろで〝ズシャッ〟という、そこへなにかが飛びのいたような音がした。すると急に部屋の空気がおだやかになり、同時に菊丸《きくまる》も落ちつきを取りもどした。

「な、な、なんだよいったい……」

なにが起こったのか頭の整理ができずに、北野が立ちつくしていると、また菊丸《きくまる》の鳴き声が背後《はいご》で聞こえた。

ふりむくと、いつのまにか菊丸《きくまる》がドアのまえにすわっている。

「よしよし、出たいのか?」

そういいながら、菊丸《きくまる》にうながされるように北野がドアを開けると、菊丸《きくまる》はまるでなにごともなかったかのように部屋を出ていった。


それ以来、勉強中になにかにのぞきこまれることはなくなった。

その後、菊丸《きくまる》が北野の部屋に入ることは、二度となかった。

「十六年という長い間いっしょにいた菊丸《きくまる》が、静かにあの世へ旅立ったのが、ちょうどこの季節だった……。よかったら、みんなに読んでもらってくれ」

そういってこの話を語ってくれた北野は、どこかさびしげだった。

冷蔵倉庫《れいぞうそうこ》

その年の春、わたしは、ある大手飲料メーカーの依頼《いらい》を受けて、その出荷センターの劣悪《れつあく》な作業環境《かんきょう》を整備し、立て直す仕事をうけおうことになった。

過剰《かじょう》な労働時間はもとより、誤出荷《ごしゅっか》、誤配送《ごはいそう》、商品の破損、そして人間関係にいたるまで、そこには難問《なんもん》が山積みだった。

まずはそれらの問題を調査して、ひとつひとつ改善《かいぜん》に取りくむ必要がある。

そのためにはまず、作業現場になじまなければならなかったが、突然《とつぜん》、外部から作業を監督《かんとく》しにきたと知れわたってしまうと、本当の姿《すがた》が見えてこない。

それでわたしは、〝本社から出向してきた中村部長〟という肩書《かたが》きをもらって、出荷センターに勤務《きんむ》することになった。いってみれば〝潜入捜査《せんにゅうそうさ》〟だ。

いよいよ出向前日、本社の担当者《たんとう》である大貫《おおぬき》さんから電話が入った。

「中村くん、あのセンターはね、実にさまざまな問題があるんだ。

そこをつぶさに見すえて、たとえ小さな問題でも、見すごさないようにしてほしいんだ」

なんだかその口ぶりに、気になる部分はあったが、わたしはその時点では、まあどこにでもあるような軽微《けいび》なことだろうと、たかをくくっていた。

翌日《よくじつ》、本社社員の制服とヘルメットを身につけ、わたしは問題のあるセンター内へとふみこんだ。

そこは2500坪《つぼ》の面積に建つ巨大《きょだい》なもので、一階から五階まである作業スペースだけでも、3000坪《つぼ》以上に及《およ》ぶマンモス倉庫だった。

庫内の温度が通年プラス8度に設定された倉庫と、上階にはマイナス30度になる冷凍《れいとう》庫も完備されている。

それぞれのセクションの説明を受け、そのあとはひとりでセンター内を見てまわったが、部外者のわたしがちょっと見ただけでも、随所《ずいしょ》に問題の種を確認《かくにん》することができた。

センター出向から一週間が過ぎたころ、現場管理者の山代さんから、奇異《きい》な話を聞かされた。

「ここにはね中村さん、実に奇妙《きみょう》な『なにか』がいるんです」

「どういうことですか？」

わたしがたずねると、思いもしない答えが返ってきた。

「いるはずのない人物、それもひとりやふたりじゃないんだ。いるんだよ、それが……。

わたしは五階の倉庫管理をしてるんだが、ときにはおそろしくなってにげだしたくなることもある。

このあいだなんか、わたしが乗っているフォークリフトの真うしろに立たれてね。

思わず『わーっ！』とさけび声をあげましたよ」

「いったいなにが立ったんですか？」

「そのとき現れたのは……そうだな、ふるーい感じの着物をまとった女の人だった。

着物といってもあなた、決してきらびやかなものじゃない。昔の民間人が身につけてたような、こうふとんのきれはしをつなぎあわせたようなね」

「それは過去に、山代さん以外にも目撃者《もくげきしゃ》がいるんですか？」

「もちろんですよ。これは決して、わたしの世まよいごとなんかじゃない。ちょっと待ってくださいよ……」

山代さんはそういうと、肩《かた》につけてある無線機を取り、同じセクションで働く他《ほか》のスタッフを呼《よ》びだした。

「彼《かれ》はね、中村さん、特に夜中から朝にかけて、在庫のある五階を担当《たんとう》してるんです。杉山《すぎやま》くん、先日見た『あれ』の話を聞かせてくれ」

杉山《すぎやま》と呼《よ》ばれた男性は、それまで着けていたマスクをはずすと、一瞬《いっしゅん》困《こま》ったような表情をしたあと、ぽつりぽつりと話しはじめた。

「ぼくが初めてそれと出くわしたのは、いまから三年まえの深夜でした。このセンターで働きだしてすぐのことです。

夜中になって腹《はら》がすき、きりのいいところで手を止めて、一階にある自販機《じはんき》でパンでも買って食べようと思ったんです。

フォークリフトを定位置に止め、ぼくはエレベーターのある、建物の西側へむかって歩きだしました。

場内の中ほどまできたとき、ふと背後《はいご》からなにかが近づいてくる気配に気づいてふりかえったんです。

ところがそこにはなんにもいない。

気のせいだったかと思い、保冷とびら……あの冷気がにげないように設計された、ぶあついとびらのことですが、その保冷とびらを開けたんです。

あ、ほら、ここのドアって、保冷とびらの外側に通常の鉄とびらがあって、その間が五十センチくらい空いてるじゃないですか？」

杉山《すぎやま》くんのいう通り、この建物はすべてのドアが、冷気温存《おんぞん》のため、そのような造りになっていた。杉山《すぎやま》くんが続ける。

「そのすき間に……」

「そ、そのすき間に？」

「見たこともないばあさんが立ってたんです」

しかもその人物は、杉山《すぎやま》くんがドアを引こうとすると、こちらにむけて力いっぱいドアをおしてきたというのだ。

「情けない話ですが、それ以来、ひとりの夜間作業は断るようにしています」

と杉山《すぎやま》くんは暗い顔でいった。

彼《かれ》以外の人からも同様の話を聞かされ、わたしはどう対処《たいしょ》すべきかと考えあぐねていた。

本社の大貫《おおぬき》さんから〝たとえ小さな問題でも、見すごさないようにしてほしい〟とはいわれたものの、これはさすがに想定外である。

わたしは大貫《おおぬき》さんへの通例報告には、そのことは記さず、〝さまざまな箇所《かしょ》に問題が山積しており、当初の予定を超《こ》えた日数が必要〟と打診《だしん》した。


それから数日が経過した。

その日は夕方から、館内すべての安全確認《かくにん》に回っていた。

バインダーにはさんだチェックリストを持ち、一階から一気に五階までエレベーターで上り、そこから順に一フロアずつチェックしていく。なかなかの重労働だ。

五階のエレベーターホールから、保管庫へと続く二重とびらを開け、項目《こうもく》ごとにはしからチェックしていく。

十数か所に上る項目《こうもく》を確認《かくにん》しながら、チェックリストに印をつけていき、それがあらかた終わると、中央通路をぬけ、反対側にある非常階段《かいだん》を使って下層《かそう》階へと移動する。

わたしはその手順通りに、まっすぐのびた通路を、反対側にある階段《かいだん》を目指して歩きだした。

入り口と同じ構造の二重とびらを開け、幅《はば》の広い非常階段《かいだん》を下り、中ほどにある折りかえし地点まできたときだった。

ジャキッ……イイイィィィ……バドムッ

背後《はいご》でとびらが開いて閉《し》まる音がした。

続いて……

ゴツッゴツッゴツッゴツッゴツッ

という、現場ではおなじみの安全靴《あんぜんぐつ》の音がひびく。安全靴《あんぜんぐつ》は、重いものを落としてもつぶれないように、中に鉄が入っており、独特な足音がするのだ。

わたしが折り返し地点からなにげなく上に目をやると、ぼろぼろにはきつぶした旧式の安全《あんぜん》靴《ぐつ》と、灰色《はいいろ》の作業着ズボンが視界《しかい》に入った。

ひと足先に四階に到達《とうたつ》したわたしは、その人物を待っていっしょに倉庫内へ入ろうと思い、そこで待機していた。

ところがだ。

階段《かいだん》室内にひびく靴音《くつおと》は、確実に聞こえているにもかかわらず、いつになっても〝足音の主〟が現れない。

(な、なんだいったい?)

わたしがそう思った瞬間《しゅんかん》!

ゴッゴッゴッゴッゴッゴッゴッゴッ!!

靴音《くつおと》が近くまできたとたん、突然《とつぜん》その歩調が速まり、一陣《いちじん》の風とともにわたしのまえをブオオッ！　と、通りすぎていったのだ。

同時にその瞬間《しゅんかん》、わたしはある種のにおいを感じた。

それは確かに〝人のにおい〟であり、わたしは思わず持っていたバインダーを落としそうになるほど、衝撃《しょうげき》的な体験だった。

〝潜入捜査《せんにゅうそうさ》〟も、いつのまにか数週間が経過していた。

その日は夜から出勤《しゅっきん》し、翌朝《よくあさ》までかかって、在庫品の賞味期限チェックに立ちあうことになっていた。

先にも書いたが、在庫は五階フロアに集中しており、通常は検品作業をするスタッフが立ちいることはない。

それが夜ともなれば、それこそさびしさ倍増で、天井《てんじょう》部に取り付けられた巨大《きょだい》な冷風機の音だけが、ゴーゴーと鳴りひびいている。

荷物搬送《はんそう》用のパレットにずっしりと置かれた、紙パック飲料。

そこに打刻《だこく》された賞味期限を、ひと山ひと山、丹念《たんねん》にチェックしていく。

その日の相方である松本くんがそれを読みあげ、わたしがチェックシートと照らしあわせ、指示通りの出荷になっているかを確認《かくにん》する。この単純《たんじゅん》作業を、ひと晩《ばん》中続けなければならないのだ。

時計の針《はり》もそろそろ夜中の十二時を指そうというころ、わたしたちは心身ともにつかれはてていた。

「このパレットを見終わったら、ちょっと休憩《きゅうけい》しようか」

どちらがいいだすともなく、休憩《きゅうけい》を取ることにした。

松本くんがせまい商品のすき間にもぐりこみ、おくから順に賞味期限を読みあげていく。

……と、そのときだった。

ズズウウウゥゥゥゥゥゥ……

という、まるでなにかをそこそこの勢いで引きずるかのような音。

ズザザアアアァァァァァァァ……

ふたりで顔を見あわせ、小首をかしげていると、今度はまったくちがう方向から、はっきりと同様の音が聞こえてくる。

「中村部長。この音って、さっきから聞こえてますよね？」

松本くんがいった。

「え？　うそだろう？」

「いえ本当です。ぼくは気になってたんですが、部長には、聞こえてなかったんですか？

でもさすがに、いまのははっきり聞こえましたよね」

顔面蒼白《そうはく》になった彼《かれ》が、緊張《きんちょう》した面持《おもも》ちでそういったときだった。

ズズズウウウウザアアアアァァァァザザザザァァァァッ!!

中央通路に面した場所で、しゃがみこんで作業しているわたしたちのすぐ背後《はいご》を、姿《すがた》の見えぬ〝なにか〟が、ものすごい勢いでかけぬけていったのだ。

「わああああああああああっ!!」

ふたり同時にそうさけぶと、わたしたちは入り口めがけてかけだした。

二重とびらを開け、エレベーターホールに到達《とうたつ》はしたものの、なかなかエレベーターが上がってこない。ゆっくりとした調子で上ってくるそれを待つのがもどかしい。

わたしたちはエレベーターをあきらめ、手前にある非常階段《かいだん》を使い、全速力で階段《かいだん》をかけおりた。

命からがら一階に到着《とうちゃく》したとたん、今度は目のまえにある出荷本部のドアが勢いよく開き、わたしたちはふたたび飛びあがった。

そこから顔をのぞかせたのが、夜間の警備《けいび》を担当《たんとう》する石橋さんだとわかり、わたしたちはへなへなとその場にすわりこんだ。

しかし、それを見た石橋さんには、笑顔《えがお》のひとつもない。緊迫《きんぱく》した声でわたしたちにむかっていった。

「な、中村部長！　松本さんも！　だいじょうぶでしたか⁉」

「な、なにが？　まぁいいや。ちょっと休憩《きゅうけい》室に行って話そう」

わたしは息もたえだえにそういって、三人で無人の休憩《きゅうけい》室へむかった。

そこで大の大人が三人、ひざをつきあわせ、真剣《しんけん》な面持《おもも》ちで、たったいま起きた〝怪奇《かいき》現象〟を語り合うのだ。

石橋さんが口火を切った。

「センター内には各所に監視《かんし》カメラが付いていて、その映像《えいぞう》は複数の画面で見られるようになっています。

いままでは固定式のモノクロ画像だったのですが、今年の春に新調して、カメラが可動式になり、映像《えいぞう》もフルカラーになったんです。

さっきなにげなく五階の映像《えいぞう》を見ていたら、おふたりの姿《すがた》が見えて、（ああ、今夜は日付のチェックだったっけ）と思いだしました。

それからぼくは、タバコを吸《す》いに行こうと立ちあがり、そのときに見るとはなしに五階の映《えい》像《ぞう》に目が行ったんです。

ちょうどB通路が映《うつ》しだされたとき、そこになんとも不思議なものが見えました」

ひと呼吸《こきゅう》置いた石橋さんに、わたしはたずねた。

「不思議なもの？」

「はい。実に不思議なものです。最初見たときは、ふせた状態の黒い大きなかごかと思いました。

それが、五階のさまざまな場所を『すべって歩いて』るんですよ。

いったいなにが起きてるんだろうと思ったぼくは、その『カゴ』にカメラをズームしてみました……。

そうしたらそれ……かごなんかじゃなかったんです」

そこまでいうと、石橋さんは短くなったタバコを、灰皿《はいざら》にぎゅっとおしつけた。

そして一度深く息を吸《す》うと、意を決したかのように顔を上げた。

「絶対に笑わないでくださいね」

そう前置きして、彼《かれ》は続けた。

「なんとその『カゴ』に見えたものは、しゃがんだまま移動している、女性だったんです。顔は灰色《はいいろ》で無表情、ぐしゃぐしゃになった前髪《まえがみ》のせいで、視線《しせん》こそわかりませんでしたが、四十手前くらいの黒っぽい着物を着た女性です。

その姿《すがた》が、一瞬《いっしゅん》、画面のはしにかくれて見えなくなった。そこでぼくは、スイッチを切りかえて、別のカメラに接続したんです。

何度か切りかえていくと、画面におふたりの姿《すがた》が映《うつ》しだされました。するとなんとその女性、すごい勢いで近づき、おふたりのすぐうしろをすりぬけて行ったんです。

そのあとどこを捜《さが》しても、あの女性の姿《すがた》を見つけることはできませんでした。五階に行って、すぐにいま見たものを伝えなければと思い、事務所から出たところで、おふたりとばったり出くわしたというわけです」

とにかくそれがなんなのか、はっきりしない現時点では対処《たいしょ》のしようがない。

他《ほか》の従業員《じゅうぎょう》たちへの影響《えいきょう》も考え、今日のことは他《ほか》の人に話さぬように指示し、その日はそのまま解散した。

それから数日して、わたしはメーカー本社を訪《たず》ね、依頼《いらい》主の大貫《おおぬき》さんと面会した。

面会の名目は、現状の報告と伝えていたが、大貫《おおぬき》さんと会う本当の目的は、別にあった。

なぜなら大貫《おおぬき》さんは、あの出荷センターが建つまえの用地買収《ばいしゅう》に携《たずさ》わった人物で、だれより、あの建物に関する事情に詳《くわ》しいとふんだからだ。

「しかし大貫《おおぬき》さん、あれだけ広大な土地を、よくかんたんに見つけられましたね。あのあたりの土地に、なにかお心あたりがあったんでしょうか?」

おかしな先入観を与《あた》えないように、体験した一連の怪異《かいい》のことはふせて、わたしはあたりさわりのない話題からふってみた。

「いやいや最初はね、航空写真で見つけたんだ。縮尺《しゅくしゃく》を原寸《げんすん》に直すと、当社が探《さが》している条件にぴったりでね。すぐに現地調査を開始して、土地の所有者の所在を割《わ》りだした。

そこからは、こちらが提示した買取額をすぐに受け入れてくれてね。交渉《こうしょう》は実にスムーズだったんだ。

ただね……やはりこういうことには、とかくトラブルがつきものだな……」

「なにか問題でも？」

「あれはいまでも忘《わす》れないよ……。

書面のやりとりがほぼ終わり、最終的な契約《けいやく》を交《か》わすために、わたしは何人かの社員を連れて地主の家を訪《たず》ねたんだ。

書類にはんこをもらったあと、みんなで現地を見てまわろうということになった。

なんせ広い土地だろう？

最初は背《せ》の高い雑草がえらくしげっていて、歩くのもひと苦労だった。

『あそこに正門を置き』とか、『ガードマンの詰所《つめしょ》はあの辺で』などと、その時点で、あらかたわたしの頭の中にできていた完成図を、社員たちに説明しながら歩き回っていたんだ。

そのうちふと、わたしは地主の態度に違和感《いわかん》を覚えた」

「違和感《いわかん》……と申しますと？」

「ある一定の方向……北東側へ、われわれを行かせまいとするんだ。

わたしはそれが異様《いよう》に気にかかり、地主が止めるのも聞かずに、草をかきわけかきわけ、北東の方向へ行ってみた。

中村くんここで問題だ。そこにはなにがあったと思うかね？」

「じらさないでください大貫《おおぬき》さん。なにがあったんです？」

「墓だよ……。それもいくつものな。

どれも実に古いもので、墓碑《ぼひ》に刻《きざ》まれている名前さえ、風化して読み取ることができん。

わたしがそれをまえにして呆然《ぼうぜん》としているとな、地主があわててかけよってきて『これらはすぐに移転します』っていうんだ。

わたしは信心深い方ではないが、さすがに墓はなかろうと思ったな」

だんだん、わたしの心がざわざわとしはじめた。わたしはもっとも気になることを単刀直入に聞いた。

「その後、ちゃんと墓は移転されたんですよね？」

すると大貫《おおぬき》さんは深くため息をついて、話を続けた。

「わたしがいちばん聞かせたかったのは、そこの部分だ。

それから何日かたって、いよいよ明日から建設機械が運びこまれるという日に、わたしは菓《か》子折《しお》りを持ってふたたび地主を訪《たず》ねたんだ。

ところが、玄関《げんかん》の呼《よ》び鈴《りん》をおしても返事がない。どうしたものかと、庭先へ回ってみて、わたしは心臓《しんぞう》が止まるほどおどろいた。

なんとあのとき移転するといっていた墓石が、すべてその地主の家の庭に運びこまれていたんだ。それも乱雑《らんざつ》に打ちすてるようにして……。

それを見たとたん、わたしの中のなにかが色めきたった。直感的に『ここにいてはだめだ』という気がして、菓子折《かしお》りを玄関《げんかん》横に置いて、這々《ほうほう》の体《てい》でにげだしたよ……。

その日以来、地主の消息はとだえてしまい、いまもなお行方不明だそうだ」


とんでもないカミングアウトを受け、おどろきをかくせないでいるわたしに、大貫《おおぬき》さんは、どこからか持ってきた一本の筒《つつ》を差しだした。

中から出てきたのは、出荷センター建設の際に引かれた図面の青写真であった。

その一部分に、赤ペンでぐるぐると何重もの円で囲まれたポイントがある。

その部分を凝視《ぎょうし》していたわたしに、大貫《おおぬき》さんは静かにいった。

「そのペンで囲んだ部分だ。そこに墓がならんでいたんだよ……」

その場所こそ、あの日、わたしと松本くんが怪異《かいい》を味わった現場だった。

不思議な家

兵庫《ひょうご》在住の友人・田村からこんな話を聞いた。

彼《かれ》の家では、花が育たない。厳密《げんみつ》にいうと、花だけでなく植物全般《ぜんぱん》がまったく育たないのだという。

たとえば、切り花を買って花びんに生ける。

水は毎日かえるし、そのたびに茎《くき》もちゃんと洗《あら》い、水をよく吸《す》うようにハサミで切り口もななめに切る。ところが、生けた翌日《よくじつ》にはみんな咲《さ》ききって、花びらはぽたぽたと落ちる。

まだつぼみのかたい花を買ってきて生けても、翌日《よくじつ》にはすべて開いて、満開となり咲《さ》ききってしまうのだ。

咲《さ》くにはまだまだ日にちがかかると思われたユリを生けたときには、つぼみが真ん丸になるくらい中で水が充満《じゅうまん》し、ユリ自身が無理に咲《さ》こうとしているように見えたという。ユリは半分黄色くなったままで、そのまま花びんを取りかこむように、ぽとりと落ちていた。どんなにもっても三日がいいところで、早いものだとひと晩《ばん》で散ってしまう。どの種類のどんな花を生けても、結果は同じというから実に不思議な話だ。

切り花だけでなく、はち植えでも同じことが起こり、室温や湿度《しつど》をこまめにチェックしても、結果は同じ。冬だろうと夏だろうと、季節にもまったく関係なく同じことになるという。

子どものころは、夏休みの宿題で苦労した。〝朝顔の観察〟である。学校から持ちかえったときは、まだ小さかった朝顔が、家に置いたとたんにツルが異様《いよう》にのびはじめ、結局、一週間後には、そばに置いた物ほしざおが朝顔満開のたなに変わった。洗《せん》たくものをほす場所はなくなるわ、あっというまに種が落ちたところから、また新たな朝顔が咲《さ》きだすわで、とんでもない夏の思い出ができた。

話の種にと購入《こうにゅう》した、シイタケ栽培《さいばい》キットでも同じようなことが起きる。

「よっしゃ、明日から、毎日きりふきしたるからな」

そううきうきとしていても、二日もしないうちに、菌床《きんしょう》となる木の全方向からシイタケが顔を出し、胞子《ほうし》でテーブルが真っ白になっていた。

それらのすべてが、ユリと同じように〝生き急ぐ〟ような咲《さ》き方をして、いたたまれない気持ちになった田村は、部屋にもベランダにも植物の類いはいっさい置かなくなった。

ところが植物とは対照的に、動物はものすごく長生きするという。

田村が子どものころに飼っていた手のり文鳥は、六回もたまごを産み、セキセイインコは七年も生きた。

夏祭りの夜店ですくった金魚は、十年間も水槽《すいそう》の中で暮《く》らし、そこでは身動きができないくらいに大きく育ったので、役所に相談して許可をもらって近くの川に放流した。

いま彼《かれ》の家には、もうすぐ十九歳《さい》を迎《むか》えるミニチュアダックスフントと、そろそろ八歳《さい》を迎《むか》える保護スズメがいる。

ミニチュアダックスの方は、両目が白内障《はくないしょう》のうえ、耳もかなり遠いのに、ダックス特有のへルニアには一度もかかったことがなく、いまだに元気に走りまわり、ぴょんぴょんとびはねている。

障害物《しょうがいぶつ》のジャンプなんてお手の物で、なにかを要求するときには、両前脚《まえあし》を上げて、つま先立ちでおねだりもする。人間の年齢《ねんれい》に換算《かんさん》すると九十歳《さい》近い〝老犬〟がである。

検診《けんしん》に行った動物病院の先生にも、「たのむから動かないでくれよ～」とあきれられるほど元気な毎日を過ごしている。

保護スズメは、その動物病院のまえに落ちていたのを、院長先生が保護したものだった。

生まれつき脚《あし》が悪いらしく、なんとか飛ぶことはできるが、木の枝や電線に止まるのはむずかしい状態だった。

「外ではえさも満足に取れないだろうから、たぶん、ひと夏もたないだろうな……」

そう先生にいわれたが、それを覚悟《かくご》で引きとってきたものだった。

そのとき生後数か月ほどだったスズメが、現在なんと七歳《さい》。いまでも毎日よく食べ、よく鳴いて、大変元気に暮《く》らしている。

少しまえに病気で他界したラブラドール・レトリーバーも、実に長寿《ちょうじゅ》だった。

「植物と動物とで、こんなにも真逆やけど、いまでは『あるがまま』を受けとめることにしてるんや」

そう語る田村の目は、実に温かくやさしい光に満ちていた。

石炭拾い

小学五年生のころ、近所に佐藤《さとう》さんというおじいさんが住んでいた。

よくうちに遊びにきては、わたしの祖父と戦中戦後の話なんかをしながら、「なつかしい、なつかしい」と連呼《れんこ》して帰っていく。

子どもながらにそれを聞きながら、よく毎回同じ話ができるものだと感心していた。

ある日のこと、いつものようにやってきた佐藤《さとう》さんが、いつになく神妙《しんみょう》な面持《おもも》ちで、祖父にこんなことを聞いた。

「あんたぁ、線路っぱたに住んでる、鈴木《すずき》さんは知りあいだったかい？」

「鈴木《すずき》？　もしかして、以前夕張にいた鈴木《すずき》さんかい？　ならよく知っとる」

「そうかい、知りあいかい。いや、つい二、三日まえのことなんだが、あそこのじいさんから、ちょっと気味の悪い話を聞かされてな……」

〝気味の悪い話〟というキーワードに、わたしの耳と神経は敏感《びんかん》に反応して、少しはなれた場所で体育ずわりをしたまま、祖父たちの会話に聞きいっていた。

〝気味の悪い話〟は、こんな話だった。

幌内《ほろない》線の線路のすぐそばに、鈴木《すずき》という家がある。幌内《ほろない》線は、幌内《ほろない》炭鉱で採掘《さいくつ》された石炭を搬出《はんしゅつ》するための鉄道で、貨物業務と一般旅客《いっぱんりょかく》業務をかねて走っていたが、1987年には炭坑《たんこう》の衰退《すいたい》にともない全線廃止《はいし》された。

その幌内《ほろない》線の線路を、最近、夜中になると決まって、「ううぉぉぉ……ううぉぉぉぉ……」といいながら歩くものがあるという。

その声はウシガエルのようでもあるが、その周辺で生息は確認《かくにん》されておらず、かといって、似たような声を発する生物はほかに見当がつかない。

何日間かは「なんだろうね?」とやりすごしていたが、とうとう連夜のその声にたえきれなくなった鈴木《すずき》家の息子が、正体をつきとめてくると、懐中《かいちゅう》電灯を手に飛びだしていった。

「ぎゃーっ！」

何分もたたないうちに悲鳴が上がり、威勢《いせい》よく飛びだしていった息子が、顔面蒼白《そうはく》になってもどってきた。

「どうした？　なにがあった？」

父親が聞くが息子は答えようとせず、台所へ行ってバシャバシャと顔を洗《あら》っている。

「おれ……とんでもねえもん見ちまった……」

顔からしずくがボタボタとたれているのも気にせず、息子はそうつぶやいた。

「いったいなにを見たっていうんだ？　なにがあった？」

「いや、いいたくねえ！　おれはもう寝《ね》る！」

家族がしつこく聞いても、息子は答えることなくそういって、さっさとふとんにもぐって寝《ね》てしまったという。

翌朝《よくあさ》、息子のようすも少しは落ち着いたと見えて、朝食をとりおえると、ぽつりぽつり話しはじめた。

「昨夜おれが裏《うら》へ回って線路端《はた》へ上がっていくと、見たこともないじいさんがいた。手には紙のずだ袋《ぶくろ》と鉄バサミを持っていて、ヒョコタンヒョコタン歩いてた」

「あんな時間に、じいさんが?」

父親が聞くと、息子はしばらく口をつぐんでいたが、やがて意を決したようにいった。

「いや……ありゃあ、生きてる人間じゃねえ」

「なんだと! どういうことだ!?」

「足がな、まるでぼろきれみたいに、ずたずたなんだよ。

それをこう、引きずり引きずりして、『ううぉぉ……ううぉぉぉ……』っていいながら歩いてんのよ。

……そういえばなオヤジ。二か月ほどまえ、もうちょっとむこうにあるふみ切りのあたりで、列車にはねられて死んだじいさんがいたろ?」

幌内《ほろない》線を通る貨物列車は、そのほとんどが石炭を積んだ貨車である。

採掘《さいくつ》した石炭を山ほど積んだ貨車からは、よくぽろぽろと石炭が落ちるので、周辺に住むお年寄りが、ずだ袋《ぶくろ》を手にしてそれを拾って線路を歩くという風景が、その時代はあたりまえに見られた。

耳が遠くなったお年寄りが、石炭探《さが》しに夢中になっていて、列車の接近に気づかずはねられるという事故が、そのあたりでは結構ひんぱんに起きていたのだ。

その二か月前にはねられたじいさんが乗ってきたと思われる自転車が、その後もずっとふみ切りのむこうの、草原に置かれたままになっていた。

「列車にはねとばされた場所から、くだけた足を引きずりながら、毎晩《まいばん》少しずつ歩き続けて、自分の自転車のある場所を目指してるんじゃないかと、おれは思うんだ」

鈴木《すずき》の息子はそう家族に語ったという。

その証拠《しょうこ》に、うなり声は鈴木《すずき》のとなりの加藤《かとう》、そのとなりの小原《おばら》と、日に日に移動していき、その自転車が置かれていた草原の近くに住む、木曽《きそ》の家を最後に声は聞こえなくなったという。

折り鶴《づる》

小学二年生のころ、わたしは母に連れられて、長野県松本市にある、遠縁《とおえん》にあたる親類の家へおじゃました。

何代も続く旧家で、家の造りも板塀《いたべい》に格子戸《こうしど》を構えた、純和風《じゅんわふう》のりっぱなたたずまい。

その家には、わたしと同い年の女の子がいて、名前をしおりといった。

しおりは実におとなしく、しかも病弱で、親から外で遊ぶことを固く禁じられていた。

親類宅《たく》についていきなりそれを聞かされ、信州の自然の中で遊べると思っていたわたしは非常にがっかりしたのを覚えている。

結果的に、滞在《たいざい》中、わたしもずっと家の中で遊ぶことになったが、その家の中はさながら迷《めい》路《ろ》のようで、それはそれで楽しかった。

いろんなところにかくしとびらや、かくし階段《かいだん》、はては、かくし部屋まである。しおりはひとつひとつそれをわたしに教えてくれた。

そうしてしばらくの間、家中を歩きまわり、階段《かいだん》を上り下りしたせいか、急にしおりの息づかいが荒《あら》くなり、その場にすわりこんでしまった。

あわてたわたしは、すぐにしおりの両親を呼《よ》んで、しおりはすぐに自分の寝室《しんしつ》へもどされた。

なんだかわけのわからぬまま、母にこっぴどくしかられてふてくされたわたしは、口をとがらせ、ひとり旧家の探検《たんけん》を続けた。

黒い板が張られた二階への急角度の階段《かいだん》を上っていき、ろうかのつきあたりにある、小さな部屋をのぞいた。

そこは先ほどしおりが教えてくれた〝かくし部屋〟だった。

窓《まど》ひとつなく、実に冷えびえとした空気が充満《じゅうまん》している。

その雰囲気《ふんいき》がおそろしくなったわたしは、とびらをもとどおりに閉《し》めると、別の場所を探《さぐ》ろうとろうかを歩きだした。

……ポテ

すると突然《とつぜん》、背後《はいご》で小さな音がした。

ふりむくとそこに、赤い色をしたなにかが、ぽとりと落ちている。

近づいて拾いあげ、手に取ってみると、かわいらしい柄《がら》の千代紙で折られた、小さな折り鶴《づる》だった。

（どこから落ちてきたんだろう……？）

わたしはそう思いながらも、それを手にしたまま、次の部屋へと歩を進めた。

そのろうかの左右にある部屋をひとつずつ見てあるき、反対側のつきあたりまでやってきた。

（きっとこちら側にも、同じようなかくし部屋があるにちがいない！）

そう思ったわたしは、反対側にあったのと同じ板目のすき間に指を入れ、そのままぐぐっと力をこめて、左側へおしこんでみた。

ゴトッ……ゴトゴトッ……ゴロゴロゴロゴロ……

やはり思った通り、ここにも同じような部屋がかくされていた。

反対側の部屋とちがって、かなり戸の動きはにぶかったが、いま、目のまえのかべには確実にすき間ができ、それが次第に広がっている。

三十センチほど開いたのを見計らい、わたしはそこからそーっと中をのぞきこんだ。

「あっ！」

おどろいたことに、かくし部屋だとばかり思っていたそこに、女の子がひとりでいた。

小さな電灯の下に置かれたちゃぶ台の上で、せっせとなにかを作っている。

わたしはなにを思ったか、戸のすき間をさらに広げると、部屋の中へふみいり、ちゃぶ台のまえにすわるその子の近くへ歩みよっていた。

近くで女の子の顔を見たとたん、わたしは思わず声を上げそうになった。

ついいましがた体調をくずし、自分の部屋で寝床《ねどこ》についたはずのしおりがいたからだ。しおりの部屋は、この家のいちばんおくにあり、いまわたしがいる位置からは、ずいぶんはなれているはずだった。

「し、しおりちゃん、具合はもういいの？」

わたしが聞くと、彼女《かのじょ》はにっこりと笑い、声を出さずに〝うんうん〟とうなずいて見せた。

わたしは少し安心して、彼女《かのじょ》のとなりにすわった。

その手もとに目をやると、細い指をたくみに動かしながら、かわいらしい柄《がら》が描《えが》かれた千代紙を折っている。

ちゃぶ台の横にはかごが置かれてあり、その中には彼女《かのじょ》が折ったと思われる千代紙が、山のように積みあげられていた。

そのすべてが鶴《つる》で、色とりどりの紙を丹念《たんねん》に丹念《たんねん》に折りあげている。

「上手だね、しおりちゃん。ぼくにはできないや……。

さっきろうかに、ほらこれ、落ちてたよ」

わたしがそういって、持っていた折り鶴《づる》を差しだすと、しおりはゆるやかに顔を上げながらいった。

「それ……あげるよ。鶴《つる》はかんたんだから、教えてあげる」

それから、ていねいにわたしに折り方を手ほどきしてくれた。

わたしは生来ずぼらな性格なので、ついつい折り方が粗《あら》くなってしまう。

「ここはほら、こうやって……」

わたしが折ったのを見ると、彼女《かのじょ》は自分の手を止め、きれいにやりなおしてくれた。

初めて手にした千代紙。初めて折った鶴《つる》……。

そんな時間が楽しくて、気がついたときにはずいぶん時間が経過していた。

突然《とつぜん》、しおりは手を止めていった。

「お母様が……呼《よ》んでるわよ」

はっとして耳をすますと、遠くでわたしを呼《よ》ぶ母の声が聞こえる。

「いけない、ぼく、もう行かなくちゃ」

そういってわたしが立ちあがると、しおりは一瞬《いっしゅん》、さびしそうにうなずき、下をむいた。

「わたしのことは、うちのお母様にはいわないで……」

そうつぶやくようにいった。

なんだかそのようすがとてもさびしげで、子どもながらに、なにかよほどの事情があるのだと感じとった。

それ以来、その家へ行くことはなく、冠婚葬祭《かんこんそうさい》の場もすれちがいで、しおり一家と顔をあわせる機会にめぐまれなかった。

それから数十年後、わたしはひょんなことから、しおりとの再会を果たすことができた。彼女《かのじょ》は、現在東京に住んでいて、実家はそのまま松本にあるという。おたがいの予定をすりあわせ、しおりの家族へのあいさつをかねて、懐《なつ》かしい思い出のあるしおりの実家へと行ってみることにした。

当日わたしは、待ちあわせ場所である松本駅へ車でむかった。

まだナビのない時代で、そこから先は、彼女《かのじょ》に道案内をたのんだ。

子どものころは、原っぱばかりが目立ち、高い建物などほとんどなかった場所に、いまではあちこちに新興住宅《じゅうたく》が建ちならび、拡張《かくちょう》された道路には、大手チェーンのレストランがひしめいている。

「あ、次の交差点を左ね。で、三本目を右に曲がって、角から四軒《けん》目がうちよ」

しおりの道案内に従《したが》い、三本目を右へ曲がる。

（角から……一……二……三……四……え！）

わたしは思わず彼女《かのじょ》にたずねた。

「実家って、あれから引っこしたの？」

「ううん、一度も変わらず、ずっとここよ？」

「え!?　じゃあ、改築とか建て直ししたとか……？」

「してないしてない！　かわらのふきかえくらいはしたかもしれないけど、見ての通り昭和時代に建てた家で、それ以来、一度も大工さんが入ったことはないわよ。

なんでそんなことばかり聞くの？　……」


なぜなら……。

わたしがここから見ているしおりの実家は、ごくごく普通《ふつう》の木造モルタル造りで、子どものころに感じた、古くて大きなお屋敷《やしき》というイメージは、どこにも感じられないのだ。

ずっとむこうまで続いていた板塀《いたべい》も、おもむきのある格子戸《こうしど》もない。

なによりいちばんわたしを驚愕《きょうがく》させたのは、二階部分がどこにも見あたらないことだった。

車を置き、近くに寄ってこの目で確認《かくにん》してみるが、どこをどう見ても一般《いっぱん》的な平屋……。

わたしが子どものころに上った、やたらと急な角度の階段《かいだん》など、存在《そんざい》するはずもない造りなのだ。


茫然《ぼうぜん》自失《じしつ》となるわたしを従《したが》え、しおりは玄関《げんかん》の引き戸を開けて、おくにいる家族に声をかけている。

ほどなくして出てきた叔父《おじ》と叔母《おば》にあいさつはしたものの、わたしの頭の中は混乱《こんらん》し、なにがなにやらわからない状態におちいっていた。

「大丈夫《だいじょうぶ》？　もしかしてどこか具合悪いの？　さっきから変よなんか……？」

わたしのようすに気づいたしおりが、心配そうに話しかけてくる。

その後、茶の間に通されたが、叔父《おじ》や叔母《おば》も心配そうにわたしの顔をのぞきこんでいる。

そこでわたしは、子どものころに、この家で経験した話を伝えることにした。

初めてこの家へきた日、しおりが家の中を案内してくれたこと、その直後にしおりは具合が悪くなり寝《ね》てしまったこと……。

ここまでわたしが話すと、その記憶《きおく》は叔父叔母《おじおば》、しおりにも共通するものであるとわかった。

ところが、けげんな顔をしたしおりが、こんなことを聞いてきた。

「でもないはずの二階に、わたしが案内できるわけないし、この家にかくし部屋なんかひとつもないわよ。

それ以前に、この家はわたしが生まれる直前に建った家だから、あなたが昔ここにきた時点では、まだ新しかったはずよ」

わたしはこのとき、ちょっとした異変《いへん》に気づきはじめていた。

先ほどまで、心配そうにわたしを気づかってくれていた叔父《おじ》と叔母《おば》が、一瞬《いっしゅん》、たがいの顔を見あわせたあと、下をむいたままずっと無言なのだ。

わたしはひと呼吸《こきゅう》置いて、しおりが寝床《ねどこ》についたあとのことを伝えることにした。

ひとりで二階へ上り、しおりから教えられたかくし部屋をのぞいたこと、そして反対側にあるかくし部屋をのぞくと、そこに、なぜか寝《ね》ているはずのしおりがいて、いっしょに千代紙で鶴《つる》を折ったこと……。

「もういい、やめてくれっ！」

「うわううっ！」

突然《とつぜん》、わたしの言葉をさえぎり、叔父《おじ》がどなるようにいいはなったのと同時に、叔母《おば》が顔をふせて泣きだした。

すこしの間、四人の間にいい知れぬ空気がただよっていたが、しだいに落ちつきを取りもどした叔母《おば》が、叔父《おじ》の膝《ひざ》に手を置きながらいった。

「お父さん、もういいですね。しおりも大人になって、いまはこんなに健康だし、もうなにもかくす必要はないですね」

叔父《おじ》は涙《なみだ》ぐみながら「うんうん」とうなずいている。

「しおり、よく聞いてね……。

あなたは双子《ふたご》の姉妹として、この世に生まれでたのよ。

ところが、先に生まれた子が、そのまま生きながらえることはなかった。

それをわたしの父、つまり、あなたのおじいちゃんね。そのおじいちゃんが、『これは実に不吉《ふきつ》なことだから、他言無用のまま闇《やみ》に葬《ほうむ》ってしまえ』っていって聞かなかったの。

だから、うちの仏壇《ぶつだん》にはその子のお位牌《いはい》もないし、お墓にも名前を刻《きざ》んでいない。

でもわたしは、同じ娘《むすめ》として、同じ人間としてちゃんと送ってあげたかった。

だから、おじいちゃんにわからないように、こっそり千代紙を買ってきて、せめてもという思いで、毎日毎日、千羽鶴《せんばづる》を折っていたの。

ある日、その鶴《つる》がとうとう千羽《ば》になり、わたしはそれをきれいに糸でとめてお寺に持っていこうとした。ところがそのとちゅうで、ばったりおじいちゃんと出くわしてね……。

おじいちゃんは、むりやりわたしの手から千羽鶴《せんばづる》をむしりとると、庭先で燃やしてしまったのよ。

ところがね、その数日後から、突然《とつぜん》おじいちゃんは体調をくずしてしまい、三日目にぽっくりと亡《な》くなってしまったの。

それからというもの、うちで立てつづけに不思議なことが起きてね……。それまで元気だったしおりまで、急に意識をなくしたり、高熱を発したりしだして。血の涙《なみだ》を流すことまであったのよ。

あれは確か、しおりが三歳《さい》の誕生日《たんじょうび》を迎《むか》えた日だったわね。亡《な》くなった子のお墓参りをしようとお墓に行ってみると、墓碑《ぼひ》の周りが真っ黒になってるのよ。

なにがあるのかとよく見るとね、そこに落ちてたのは、全部真っ黒にこげた折り鶴《づる》だった……」

そして、それまでだまっていた叔父《おじ》が、続けてこんなことをいいだした。

「まさみ君が迷いこんだという、その古い家なんだが、実は少し思いあたる節がある。

いまこの家が建っている土地は、もともとはさっきから話に出ている、おじいちゃんのものだったんだ。

おじいちゃんも、そのおじいちゃんから受けついだといってたから、おそらくここは、かなり昔からの土地なんだろうと思う。

大事なのはここからだ。

この家を建てるまえは、この場所にはとても古くて、大きな屋敷《やしき》が建っていてな。それを壊《こわ》したうえで、土地も切り売りして、家を新築する資金にあてたんだ。だからもしかすると、まえの屋敷《やしき》の中には、まさみ君がいうような、かくしとびらやかくし部屋があったのかもしれない」

しおりが小学五年生のときに、叔父《おじ》と叔母《おば》は、亡《な》くなったもうひとりの娘《むすめ》の魂《たましい》を手厚く供養《くよう》した。

そのとたん、しおりの体調は一気に改善《かいぜん》し、以来、怪《あや》しいことはいっさい起こらなくなったという。

しかし、あのときわたしがかくし部屋で会った、もうひとりのしおりは、決して災いを起こすような悪い子には見えなかった。

そして別れ際に見せた、あのさびしそうな表情……。

それらすべてを、わたしは生涯《しょうがい》忘《わす》れることはないだろう。

血の手形

友人の葛西《かさい》から、こんな話を聞いた。

東京都下のある小さなふみ切りでの話だ。

そのふみ切りへ通じる細い道は、周辺の混雑をぬけるための裏道《うらみち》として利用する車が多く、昼夜を問わずかなりの通行量がある。

乗用車が一台やっと通れるくらいの道はばで、当然のことながら一方通行。とちゅうに枝道もないため、その道に入りこんだ車は、ふみ切りの先にある道路まで一直線に進むしかない。

ある日の夕方のことだった。

仕事が終わった葛西《かさい》は、渋滞《じゅうたい》をさけて家路を急ぐあまり、その道へと入ってしまった。

バックミラーをのぞくと、うしろからもそのまたうしろからも、自分と同じ考えの車が、列をなしている。

道の両側にある住宅《じゅうたく》を横目に見ながら、葛西《かさい》の車は、その先にあるふみ切りへと少しずつ近づいていく。

とそのとき、右側の前方に女性がひとり、歩いている姿《すがた》が目に入った。

なに分にも細い道なので、歩行者の横をすりぬけるときは、細心の注意が必要だった。

ところがその女性は、葛西《かさい》の車がすぐうしろにまで近づいているのに、まったく車をよけようとするそぶりがない。

しばらくそのまま、彼女《かのじょ》のうしろをゆっくり走っていたものの、まったくはしに寄ろうとしないため、葛西《かさい》は軽くクラクションを鳴らしてしまった。

するとその女性は、一瞬《いっしゅん》立ちどまったあと、横目できっと葛西《かさい》をにらみながら、めんどくさそうに道のはしへと身を寄せた。

女性は三十歳《さい》手前くらいで、手にはなにも持っておらず、ぼさぼさの髪《かみ》の毛をぐしゃぐしゃとかきむしっている。ちょうど横を通りすぎるとき、なにやら意味不明なことをぶつぶついっているのが聞こえた。

女性の横を通りすぎたあと、葛西《かさい》がバックミラーで見ると、後続の車に対して、罵声《ばせい》をあびせているのがわかった。


気づくと、もうすぐ先にふみ切りがせまっている。

葛西《かさい》は早くふみ切りをやり過ごそうと、アクセルをふみこもうとした。

ところが……。

カ、カーンカーンカーンカーンカーン……

すんでのところで警報機《けいほうき》が鳴りだし、同時に赤い信号が点滅《てんめつ》して、遮断機《しゃだんき》が下りてきた。

そのふみ切りは、上下線どちらの駅からも距離《きょり》があり、電車はかなりのスピードで通過する。

葛西《かさい》は車を遮断機《しゃだんき》の近くまで寄せ、列車が通過するのを待っていた。

すると、先ほど後方でやり過ごした女性がせまってきて、葛西《かさい》の車のわきをぬけて遮断機《しゃだんき》へ近づくのが見えた。

夕闇《ゆうやみ》迫《せま》る夏の空にひびく、機械的な警報《けいほう》音。それに同調して、規則的に明滅《めいめつ》する二つの赤い光。そして聞こえる、けたたましい警笛《けいてき》……。

「えっ！　警笛《けいてき》っ!?」

その音にぎょっとした葛西《かさい》は、目のまえにあるふみ切りに視線《しせん》をむけた。

いつのまにかあの女性が、遮断機《しゃだんき》をくぐり線路内へふみいっている。

そして、急速に自分へ近づいてくる電車にむかって、両手をまえにつきだすと、および腰《ごし》になりながら、大声で「あああああああーっ！」とさけぶのが聞こえた。

直後、女性は葛西《かさい》の目のまえからいなくなった。

葛西《かさい》は、このふみ切りで自殺が多いのは、以前から知っていた。

しかし、まさか目のまえでやられるとは、さすがに思ってもいなかった。

事前に軌道《きどう》内への侵入《しんにゅう》を察知した電車の運転手は、手前から緊急《きんきゅう》ブレーキをかけたのだろうが、電車はすぐに止まることはできない。

女性をひいたあと、ふみ切りをふさぐ形で電車は停車した。

そんなことになってるとは思いもしない車が、あとからあとから細く長く続く一方通行路に入ってくる。

目のまえで凄惨《せいさん》な事故が起き、ふみ切りは閉《し》まったまま、電車もその場で立ち往生……文字通りの八方ふさがりの状態になっている。

そのあいだ、葛西《かさい》はといえば、目のまえで展開《てんかい》される遺体回収《いたいかいしゅう》作業の、一部始終を見るはめになった。

現在であればそのような作業は、周囲からの目をさけるために、ブルーシートなどでおおいながらするのがあたりまえになっている。

しかしその当時はそれらの配慮《はいりょ》もなく、どこであろうとあからさまに作業を展開《てんかい》するのが常だった。

「ごめんどうですが、しばらくお待ちください」

ほどなくやってきた鉄道関係者が、車列のドライバーたちにむかって、声をはりあげた。その手には、黒いビニールぶくろがにぎられている。

葛西《かさい》は車の中でタバコをふかしながら、ただただその〝悲しい作業〟が終わるのを待つしかなかった。

ふとバックミラーをのぞくと、うしろから警察《けいさつ》車両の回転灯が近づいてくるのが見えた。

（このせまい道につまってる車を、いったいどうやってかわしてきたんだろう……？）

そう思いながら見ていると、なんとかほかの車をぎりぎりまで寄せさせて、警察《けいさつ》車両はどんどん進んでくる。

しかし、ふみ切り近くで極端《きょくたん》にせまくなるその道の特性上、葛西《かさい》と他《ほか》の数台はそこから動くことができなかった。

少しうしろに停車した警察《けいさつ》車両から、数人の警察官《けいさつかん》がおりてきた。それまで作業員が手にしていた黒いビニールぶくろを、警察官《けいさつかん》が受けとる。

それらすべてが、葛西《かさい》の車のまえから左側へと通りぬけ、警察《けいさつ》車両へと運びこまれていく。

最後に、女性が金属製の担架《たんか》にのせられていくのが見えた。

それも葛西《かさい》の車のまえから横をぬけて運びだされていくらしく、葛西《かさい》は思わず目をそむけ、

〝それ〟が通りすぎるのを待っていた。

担架《たんか》を持っていた数名の警察官《けいさつかん》が、葛西《かさい》の車のまえまできたときだった。

車の右側のあたりで、一瞬《いっしゅん》〝コツッ〟という音がした。

(警察官《けいさつかん》の足かなにかがあたったかな……?)

葛西《かさい》はその程度にしか思わなかった。


しばらくしてなんとか電車が動きだし、長らく閉《し》まったままだったふみ切りがようやく開放された。

その間ずっと鳴りひびいていた警報《けいほう》音と、信号の赤い光が脳裏《のうり》に焼きつき、頭の中がガンガンする。

葛西《かさい》は家に着くと同時に風呂《ふろ》場へかけこみ、シャワーをあびた。風呂《ふろ》から上がると、妻にたのんで頭から塩をかけてもらった。

子どもが寝《ね》るのを待って妻に一部始終を話し、その日は早めに床《とこ》についた。

「行ってきまーす！」

翌朝《よくあさ》、小学生の娘《むすめ》が元気に登校していくのを見送り、テレビで朝のワイドショーを見ようと、葛西《かさい》はソファに腰《こし》を下ろした。

と、そのときだった。

「お父さんすぐきて！　大変だよ！」

たったいま出ていったはずの娘《むすめ》が、声を張りあげてさけんでいる。

なにごとかと外へ出てみると、娘《むすめ》はガレージのまえで、真っ青な顔をして立っている。

「どうした？」

そう聞くと、娘《むすめ》はだまって葛西《かさい》の車のある部分を指さして口をおさえた。

娘《むすめ》が指さしているのは、車の右側前方部分。

そこに視線《しせん》をむけた葛西《かさい》の背《せ》すじに、冷たいものが走った。


遺体《いたい》が運びだされるときに聞いた、〝コツッ〟という音……。

まさしくその部分に、真っ赤な血の手形がついている。

しばらく動けずにいた葛西《かさい》は、じっとその血の手形を凝視《ぎょうし》していた。

はじめは担架《たんか》が通るときに、たまたま仏さんの手があたったのではないかと考えた。

ところがだ……。

車についている手形は、開かれた五本の指がそれぞれくっきりと形になった、手のひらそのものの形をしているのだ。

どうやっても担架《たんか》にのった遺体《いたい》が、しかも通りぬけたのとは逆の右側に手形をつけられるはずがなかった。

それからすぐに葛西《かさい》はその車を手放し、二度とそのふみ切りを通ることはなかった。

三《さん》線《しん》の神様

五、六年ほどまえの10月、わたしはある友人の尽力《じんりょく》により、第二の故郷《こきょう》である沖縄《おきなわ》での怪談《かいだん》講演を実現することができた。

その友人には、沖縄《おきなわ》のさまざまなところを案内してもらい、それがまた数々のすばらしいご縁《えん》につながっていった。

そのころ、わたしが定宿としていたのは、中頭《なかがみ》郡読谷村《よみたんそん》に建つかわいらしいホテルで、上階からは海も見わたすことのできる、すばらしい立地だった。

無事に講演も終了《しゅうりょう》し、残った日程を友人たちとのんびり過ごそうと、近くの店で部屋着用トレーニングウェアを購入《こうにゅう》。さっそくそれに着がえ、一服しようと、部屋のまえに設置された喫《きつ》煙《えん》場所へとむかった。

そこからは海が見えず、視界《しかい》に入るのは読谷山《ゆんたんざ》と呼《よ》ばれる小高い丘《おか》。

タバコに火をつけ、見るともなしに丘《おか》の方に視線《しせん》をむけていると、ここからほど近い丘《おか》の頂《ちょう》上《じょう》付近になにかのほこらが見えた。

（せっかく近くに鎮守《ちんじゅ》様がいらっしゃるなら、手を合わせておきたいものだな……）

位置的に見ても、ホテルからすぐ行けそうな場所。わたしは軽い気持ちで、そんなことを考えた。


翌朝《よくあさ》、目が覚め、コーヒーが飲みたくなったわたしは、手早く着がえて近くのコンビニへむかった。

買い物をすませ、ホテルへもどる途中《とちゅう》でわたしはふと、昨日見たほこらのことを思いだした。

右手に位置する丘《おか》の方を見ながら歩いていくと、一本の細い路地があり、それはまっすぐに丘《おか》の頂上《ちょうじょう》付近までのびている。

わたしはまるで、なにかに引きよせられるようにその道へ入っていき、どんどん坂を上っていった。

途中《とちゅう》、何軒《なんけん》か民家があり、それを過ぎるときれいな石段《いしだん》と、りっぱな石造りの鳥居が見えてきた。

（ああ、やはり神様はここに……）

そう思って石段《いしだん》を上っていき、わたしは鳥居をくぐった。

するとそこに、こんな注意書きがはられてあった。


「お参りをする際は、掃除《そうじ》をしてから」


ほこらの横を見ると、そこには数本のほうきとちりとりが置かれている。

それらと、それこそちりひとつないほこらを見れば、ここを訪《おとず》れる人たちが、ちゃんと約束ごとを守っていることがよくわかる。

よその土地からきたわれわれが、それを遵守《じゅんしゅ》しないわけにはいかない。

地面の落ち葉をかきあつめ、そうじ道具を元の位置にもどすと、わたしはほこらのまえに進みでて手を合わせた。

そして、日々の安寧《あんねい》と健康を感謝し、そこを訪《おとず》れるすべての人たちの健勝を祈願《きがん》して、のんびりとホテルへもどった。


数日後、わたしは沖縄《おきなわ》の友人たちに別れを告げ、東京へともどった。

もどったその日から、わたしはわたしの中のなにかが変化したと強く感じた。

それは決して悪い意味の変化ではなく、ふとした瞬間《しゅんかん》に、沖縄《おきなわ》へ帰りたくて帰りたくてたまらない衝動《しょうどう》にかられるのだ。

そして決定的な変化は、とにかくある楽器が、ほしくてほしくてたまらなくなったことだった。わたしは、ネットでその楽器のことを検索《けんさく》し、楽器のことや値段《ねだん》を調べまくった。

その楽器は、三線《さんしん》。

さわったこともない三線《さんしん》に、なぜこんなにひかれるのか。確かに沖縄《おきなわ》には、三線《さんしん》をじょうずにひく友人がいて、すばらしい生の音色を堪能《たんのう》してきた。

自分でもひいてみたいと思ってても不思議ではないのだが、とにかくそれがほしいという思いが強烈《きょうれつ》なのだ。

いてもたってもいられなくなったわたしは、沖縄《おきなわ》でお世話になった友人に電話をかけ、ことのしだいを打ちあけてみた。

「嬉《うれ》しいですね～！　ぜひとも一本持っていってください。ぼくがお世話になっているお店を紹《しょう》介《かい》します。きっといいものが買えますよ」

友人はわたしの依頼《いらい》を、こころよく引きうけてくれた。

それから数週間後、わたしの元に、すばらしい仕上がりの三線《さんしん》が届《とど》いた。

さっそく近くにある三線《さんしん》教室を探《さが》したり、自分なりに練習したりしながら、いつのまにか何曲もの沖縄民謡《おきなわみんよう》をマスター。

それを沖縄《おきなわ》の友人に伝えると、わがことのように喜んでくれて、次回の沖縄訪問《おきなわほうもん》のときには、かならずその三線《さんしん》を持参すると約束した。

数か月後、ふたたび沖縄《おきなわ》での怪談《かいだん》講演があり、わたしは後援者《こうえんしゃ》の方々といっしょに、愛する沖縄《おきなわ》の地へと降《お》りたった。

空港へいつもの友人が迎《むか》えにきてくれており、車に荷物を積みこむと、さっそく読谷村《よみたんそん》へむけて走りだす。

那覇《なは》から読谷《よみたん》までは、およそ一時間。

ホテルが近くなってきて、わたしはあることを思いだした。

「ホテルに着いたら、まずは鎮守《ちんじゅ》さんにお参りしたいんだ。よかったら、いっしょに行かない？」

運転しながら、友人はきょとんとした顔を、わたしにむけていった。

「チンジュサンて……なんですかね？」

沖縄《おきなわ》では、本土にあるような形式の神社をめったに見ない。

ほとんどの家庭では、〝火の神《ヒヌカン》〟をまつっていて、お参りの作法も神事そのものもまったくちがうといっていい。よってそもそも〝鎮守《ちんじゅ》の神〟自体がないのだ。

わたしはまえに沖縄《おきなわ》にきたときに、ホテルの近くにあったほこらに行き、そうじして参詣《さんけい》をすませたことを、友人に話してきかせた。

「ああ、それなら知ってますよ」

そういうと友人は、一瞬《いっしゅん》考えた顔になったあと、すべてを納得《なっとく》したようにこういった。

「なるほどですね、中村さん。これでなぞが解けましたよ」

「え、なぞ？　なんの？」

「不思議だなぁと思ってたんです。急に三線《さんしん》がほしいといいだしたでしょう？　でもこれで、すべて納得《なっとく》ですねー」

友人はうんうんと首をたてにふりながら、ひとり笑っている。

「待って待って。ちょっと待って。ひとりで納得《なっとく》してないで、ぼくにもわかるように説明してくれないかな。

三線《さんしん》が……なに？」

「なに……って、前回中村さんがお参りしたのは、赤犬子《アカインコ》ですよね？」

「あ、ああ、確かにそう書いてあった。アカインコって読むのか。それがどうしたの⁇」

「いやいや、待ってください中村さん。そこに書かれてる、縁起《えんぎ》書読んでないんですか？」

「面目ないが、読んでない……」

友人はしょうがないなぁというように笑いながら、説明してくれた。

わたしがあの日、掃除《そうじ》してお参りした、あのほこらにまつられているのは赤犬子《アカインコ》といい、沖縄《おきなわ》に三線《さんしん》をもたらした神様だという。

赤犬子《アカインコ》は琉球《りゅうきゅう》古典音楽の始祖としてだけでなく、五穀豊穣《ごこくほうじょう》の神として崇拝《すうはい》されている。そのほこらは正式には赤犬子宮《アカヌクー》といい、その周辺では古くからの拝所《ウガンジュ》でもあった。

赤犬子《アカインコ》が逝去《せいきょ》したとされる旧暦《きゅうれき》の9月20日には、毎年この場所で盛大《せいだい》に〝赤犬子《アカインコ》スージ〟がもよおされる。

沖縄《おきなわ》出身の芸能関係者は、かならずといっていいほど、ここを参詣《さんけい》するという。

以来、わたしが沖縄《おきなわ》へ行ったときにはかならず立ちより、きれいに掃除《そうじ》をさせていただくことにしている。

バックモニター

元号が平成へ変わるころの話だ。

近畿圏《きんきけん》のある広大な土地に、大手の物流会社が、巨大《きょだい》な倉庫をオープンした。

そうした倉庫を持つ物流会社というのは、さまざまな会社から委託《いたく》された製品を預かり、それを動かすことで、経営が成りたっている。

新しくできた倉庫の中を、一日もはやく満杯《まんぱい》にして稼働《かどう》しなければならない。その倉庫も、オープンするとすぐに昼夜を問わず、膨大《ぼうだい》な量の荷物が搬入《はんにゅう》されていった。

当時、わたしが経営していた運送会社にも白羽の矢が立ち、その倉庫への定期的な搬入《はんにゅう》運行を依頼《いらい》されたのだが、あいにく当時うちには空いている車がなかった。

そこでわたしは関西圏《かんさいけん》に本社を置く仲間の業者に依頼《いらい》し、そっくり業務をうけおってもらうことにした。

事前に契約《けいやく》内容を確認《かくにん》してもらうため、その会社の代表を務める友人の西川が、さっそく現地を訪《おとず》れてくれた。

現地を見た西川から、すぐにわたしに連絡《れんらく》がきた。

「いやあ、ほんまになんもない場所ですわ。少しはなれたところにコンビニが一軒《けん》あるんですけどね、めっちゃさびしいところで、びっくりしましたわ」

おそらくその後は、数々の倉庫が建ちならぶ予定なのだろうが、その時点では、本当に周囲になにもない状態だったらしい。

「そのうえね、中村さん、正面ゲートから入って倉庫の入り口にいたるまで、ぐるぐると場内を迂回《うかい》せなならんのです。

なんであないな造りにしたかはわからんけど、とにかくおかしな構造ですわ……」

西川はそう続けた。

そんな倉庫ではあったものの、契約《けいやく》上はなんら問題ないということで、すぐに搬入《はんにゅう》作業にかかってもらった。

初日の搬入《はんにゅう》にむかったのは、西川の会社にいる大西というドライバーだった。全長十二メートルの大型トラックを、まるで軽自動車でも運転するかのようにあやつる、ベテランドライバーである。

大西は、九州からの帰りにメーカーに寄り、その倉庫に搬入《はんにゅう》する荷物を調達して、そのまま倉庫へ車を走らせた。

直行するとおそらく倉庫はまだ開いてないと思われたが、長距離《ちょうきょり》を運転してきていた大西は、早めに現地に入り、倉庫が開くまで駐車場《ちゅうしゃ》で仮眠《かみん》をとろうと考えた。

ところがだ。

いざ倉庫に着いてみると、正面ゲートにはかぎがかかり、場内に入ることができない。

時計の針《はり》は夜中の二時半を指している。

倉庫の周辺はいずれも道はばが広く、車通りもまったくないことから、大西は路肩《ろかた》にトラックを寄せ、そこでしばらく寝《ね》ることにした。

(……と、そのまえに外でおしっこしたろ)

それまでがまんしていた尿意《にょうい》をどうにもおさえきれず、大西はトラックをおりて、近くにあった木のかげで用を足すことにした。

その位置からは、五、六十メートル先にある、倉庫の全景が見てとれる。

（しっかし、見れば見るほど、どでかい倉庫やなぁ……）

そんなことを思いながらも、なにげなく視線《しせん》を移動させていくと、突然《とつぜん》、ある一角に設置されているライトが、激《はげ》しく明滅《めいめつ》を始めた。

その場所から、それは倉庫の正面付近にある防犯ライトだと思われた。

防犯ライトは、接近するものを感知すると、自動的に点滅《てんめつ》するしくみになっているものだ。

用を足しおえた大西は、なんだかその明滅《めいめつ》するようすが気になり、敷地《しきち》を取りかこんでいるフェンスの近くへと歩みよった。

（なんで防犯ライトが点滅《てんめつ》してるんやろ？　まさか人がおるわけ……んんっ!?）

数秒おきに明滅《めいめつ》を繰《く》り返す、強力なライトは大西側をむいており、いわば逆光状態。

そのまぶしい光の中に人影《ひとかげ》が見える。

（なんや、人がおるやないか！　それやったら、ゲートを開けてもらって、車を中に……。あ……あ……ち、ちがう！）

大西は、それが〝尋常《じんじょう》ではない〟人影《ひとかげ》であることを察知し、同時にぞわぞわと全身総毛立った。

光の中の人物は女性で、両手をぐぐっとまえに出して、こちらへむかってきている。

それも単純《たんじゅん》に歩いているのではなく、明かりが消えているわずかな間に、大西の方にむかって着実に近づいてくるのだ。

「うわっ！　うわわっ！　い、いややーっ！　お、お、おれ、こういうのあかんねーんっ!!」

そうさけびながら、あとずさりする大西をしり目に、その女性はどんどん彼《かれ》との間をつめてくる。

オカルトや心霊《しんれい》、幽霊《ゆうれい》といったものを、大の苦手とする大西にとって、これは相当きつい状《じょう》況《きょう》だった。

たまらなくなった大西は、運転席へと飛びのり、とにかくその場を脱《だっ》しようとエンジンをかけた。

一刻《いっこく》も早く発進させたいところだが、先ほどトラックを止める際に、路肩《ろかた》にあった立ち木に接近させすぎて、左のバックミラーが、のびた枝にぶつかりそうになっているのを思いだした。

(す、少しバックせな!)

そう思い、ギアをバックにたたきこんだ。

そのとたん、ダッシュボード上にある液晶《えきしょう》モニターが点灯し、トラック背後《はいご》の情景を映《うつ》しだした。

だが、なにかがちがった。

いままで数えきれないほど見てきた、自分のトラックの背面《はいめん》を映《うつ》すはずのモニター。

いま見ているそのモニターには、見なれたそれとは、あきらかにちがうものが映《うつ》りこんでいる。

「な、なんや?　なにが映《うつ》ってるんや⁇」

大西はモニターに顔を近づけ、その正体を確認《かくにん》しようとした。

なんとそこに映《うつ》っていたのは、真っ黒な目を大きく見開いた、見たこともない女性の顔のドアップ！

大型トラックの荷台部分の高さは、地上から三メートル以上ある。

バックモニターと呼《よ》ばれる、トラックのうしろを映《うつ》すカメラは、荷台の頂点《ちょうてん》にあり、ななめ下をむいて設置されているのがふつうだ。

ということは、そのカメラにアップで映《うつ》るには、その高さにまで女性が上がっていなければ不可能なのだ。

「うわうわっ！　うわあああああっ!!　なんでやねーんっ!!」

大西はそんなさけび声をあげながら、がむしゃらにトラックを発進させた。

とにかく明るい場所へ行きたい一心で、記憶《きおく》にあった大通りのコンビニを目指して突進《とっしん》する。

ここへくるときにまえを通った時点では、店内に明かりがついていた……ということは、二十四時間営業である証《あか》し……。

前方反対車線側に見えてきた店の看板《かんばん》を確認《かくにん》し、大西はほっと安堵《あんど》のため息をついた。

店のむかいにトラックを横付けし、運転席から飛びおりると、自動ドアが開くのももどかしい勢いで、店内へと転がりこんだ。

「お客さん、なにかありましたん？」

そのようすを見ていた、初老の店員が心配そうに大西に声をかけた。

「な、なにかあったもなにも……。あ、あ、あんた、そこからおれのトラック見えるか？」

「見えるかて……あんたかて見えたはるやろ？」

「ちゃうねん、ちゃうねん！　トラックのな、う、うしろや。うしろっ……見えるか？

だれか……いや、なんかおかしなものが見えへんか？」

「はぁ、うしろは見えまっせ。なにもこれといって変わったところは、ないように思いますけ
どねぇ。うしろが、どないかしはったんですか？」

そこで大西は、これまでの顚末《てんまつ》を、その店員にそっくり語ってきかせた。

「ははぁ、あの倉庫！　そうですか、あの倉庫、買い手がついたんかいな」

「買い手て？　あそこは○○商事が新たに建てたんとちがうんかいな？」

店員の話はこうであった。

もともとその倉庫は、地元の業者が建てたものだったが、直後に業者は倒産《とうさん》。その後は、買

い手も借り手も見つからず、長らく空き家になっていたという。

僻地《へきち》に建つコンビニに、しかもこんな時間に入ってくる客もおらず、「まぁまぁ」と出された缶《かん》コーヒーをすすりながら、大西は店員の話に耳をかたむけた。

「あの場所はね、もともと町営の火葬場《かそう》が建っとったんですわ……」

「えっ、火葬場《かそう》！」

「そう……。町村統合を機に、移転することが決まって、ほどなく取りこわされましてん。更地《さらち》になったあとは長いことそのままで……。

ところがそのうち、なんやら工事が始まりましてね。なにができるんかいなぁ思うてたら、しばらくしてあの倉庫が建ちよったんです。

ところがね、最初は景気ようふるまってた社長がたおれ、おくさんがたおれ、そのうちに次々従業員《じゅうぎょう》が辞めていきよる。

ここにも、頻繁《ひんぱん》に買い物にきたはった男の子がいてましたが、ある晩《ばん》ここへきて『おっちゃん、えろう世話になったけど、もうあないなとこにはおられんよって、今日がしまいやで』いうんです。

なにがあったんやと聞くとね……毎日幽霊《ゆうれい》が出て出て、おそろしゅうてたまらんと……」

その直後にその会社は倒産《とうさん》し、倉庫は競売にかけられ、大手企業《きぎょう》が買い取ったということだった。

火葬場《かそう》＝おそろしい場所などということは、決してあってはならない。

だが古くからある火葬場《かそう》には、なにかしらの〝思い〟がこびりついていたとしても、不思議ではない。

アンカーをぬく者

北海道南西部の山間《やまあい》をぬけたところに、支笏湖《しこつこ》という大きな湖がある。

ここは、四季折々の情景を織りなす景勝地として名高い。どこまでもすんだ水を満々とたたえるカルデラ湖で、毎年6月に解禁となるチップ（ヒメマス）漁も盛《さか》んな、一大観光スポットである。

春から秋にかけて来訪《らいほう》者数はピークをむかえるが、晩秋《ばんしゅう》から翌年《よくねん》の雪解けまでの期間は、それまでの喧騒《けんそう》がうそのように静まりかえる。土の下で春を待つふきのとうのように、湖はじっと静かにたたずんでいる。

まだわたしが二十代のころの、ある夏、友人の飛田から電話が入った。

「男ばかり何人か集まったんだが、支笏湖《しこつこ》のほとりでキャンプでもしないか？

今月末までチップが解禁になってるんで、さお持っていって、つったのをその場で料理してさ……。

天気もいいし、みんなそれぞれの車出して、何台も連なってむかうってのも、子どものころみたいで楽しそうだろ？　どうだろ？」

「残念だけど用が立てこんでて、どうにも行けそうにないわ」

実際、仕事の予定があり、わたしはうしろ髪《がみ》をひかれる思いで断った。

三日後の深夜だった。

飛田とその友人が、キャンプからの帰り道にうちへ立ちよった。

いずれも目の下にりっぱなくまを作り、その表情から楽しかったという雰囲気《ふんいき》は、みじんも感じられない。

「なんでこんな時間なんだ？」

ふたりの雰囲気《ふんいき》が気にはなったが、わたしはまず、非常識な時間の来訪《らいほう》にいやみをこめて聞いてみた。

「おまえ……こなくて正解だったぞ」

わたしの質問には答えず、まるでなにかにおびえるような目をしたまま、飛田がぼそりとつぶやいた。それからソファにたおれこむようにしてすわると、飛田はおどろくべきことを話しはじめた。

「当初は三人で湖へむかったんだが、三日目の今日になって、ひとりが腹痛《ふくつう》が治らんとかで帰っちまった。

ふたりになったおれたちは、湖畔《こはん》に設営されたキャンプ場をあとにして、対岸の風不死岳《ふっぷしだけ》の側の湖岸へ移動したんだ。

以前そのあたりをバイクで通りかかって、おおよその目標は頭にあったから、そこを目指して車を走らせた。

着いたらすぐにふたりでテントを設営して、周りを歩いてまきを拾いあつめ、それから晩飯《ばんめし》にするためのチップをつりはじめたんだが……。

なんだかやたらと『だれかに見られてる』ような気がしてならないんだ。

そのつど、気のせいだと自分にいいきかせて、四、五匹《ひき》も魚がかかったところで、さおをたたんだ。その時点で、日はとっぷりと暮《く》れていた。

まきに火をつけて、魚を焼きながらなにげなく水際を見るとな、おれたちが持っていったトーチの明かりに浮《う》かびあがるように、男がひとり、うずくまってるのが見えた……」

「おまえたちのいた場所から、水際までの距離《きょり》は？」

「七、八メートルってとこかな……。

周囲には人家や店舗《てんぽ》もないし、ましてや歩いてなどこられるところじゃない。

もし車やバイクできたなら、絶対にエンジン音やライトの明かりが見えるはず。

そう考えはじめると、おれはむしょうに気味が悪くなり、その男から視線《しせん》を離《はな》さずに凝視《ぎょうし》していたんだ。するとな、中村……」

飛田はそこまでいうと、突然《とつぜん》、目をかっと見開いて、わたしの顔を見つめたまま動かなくなった。

「飛田！　おい、大丈夫《だいじょうぶ》か？　それでどうしたんだよ？」

思わずわたしは、飛田の肩《かた》をつかんでいった。

「あ、ああ、すまない。

水際にうずくまったまま動かない……そんなの、どう考えたっておかしいだろ？

おれは魚を焼く手を止めたまま、一瞬《いっしゅん》、声をかけてみようかと考えたんだ。

するとな中村、突然《とつぜん》その男、背中《せなか》をむけてうずくまったままで、ずずずーっと動いて闇《やみ》に消えちまった……」

「なっ！　本当なのかそれ？　てことは、あんたも見たんだよな？」

わたしは桧山《ひやま》という飛田の友人にむき直り、そう問いかけた。

「残念ながら、ぼくはその男を見てないんです。

見てはいないんですが……そのあとのことは……」

桧山《ひやま》はそこまでいうと、ぐっと嚙《か》みしめるようにしてうつむき、それっきりだまりこんでしまった。

桧山《ひやま》のあとを飛田が続けた。

「おれはいま見たものを、桧山《ひやま》に必死に伝えたんだが、桧山《ひやま》は『そんな男はどこにもいなかった』の一点張り。

そこからは『本当だ』『うそだ』と、なかばけんか状態になって、場の雰囲気《ふんいき》も最悪になっちまってな。

それまであった食欲《しょくよく》も、一気にどっか行っちまったんで、つった魚だけ平らげると、たき火を消して、早々にふたりでテントにもぐりこんだんだ。

しばらくするとな……だれかがテントの周りを歩いてるような音がしてきたんだ。

おれはすぐに桧山《ひやま》にジェスチャーでそれを伝えると、桧山《ひやま》もうんうんとうなずいた。

さっきもいったが、ここは歩いてくることのできない場所だし、乗り物の音もいっさい聞こえなかった。

こうなるともう、おそろしくなって身動きひとつできやしねえ……」

「それって……もしかして、残り物をあさりにきたクマだったんじゃねえのか？

あの辺は特に多いんだぞヒグマ」

わたしは、その可能性がわずかなのをわかってていった。

「おれもそれは考えた。でもな中村、周囲を歩くその音は、あきらかに人間の『靴音《くつおと》』なんだよ。

するとな、テントの周りを歩きまわっていた、ザクザクという足音が、はたと止んだんだ。

遠ざかっていくならまだしも、すぐ近くを歩きまわっていた足音が、突然《とつぜん》止んだんだぞ。

おれはもう、心臓《しんぞう》がはりさけるかと思うほどドキドキしながら、息を殺して沈黙《ちんもく》を保ってた。

すると突然《とつぜん》ボツッという音がして、テントが右側へぐっとかたむいたんだ。

しばらくすると、またボツッと音がして、今度は左へかたむく。

わかるか中村？

外にいるなに者かは、テントのアンカーを一本ずつぬいていってるんだ……」

アンカーというのは、風などでたおれないように、テントの骨組《ほねぐ》みをロープで固定するための杭《くい》のこと。そのアンカーを、テントの周囲を歩きまわるなに者かが、次々とぬいていくというのだ。

飛田はひと息つくと、話を続けた。

「それから桧山《ひやま》が突然《とつぜん》、起きあがり、『だれだよ、いったい！』そういいながら、閉《し》めてあるファスナーを開けようとしたんだ。

おれは必死に止めたよ。だってそうだろう？　車が外に二台止めてあるってことは、最低でもそこにふたり以上の人間がいるとわかるはずだ。

それをわかっていながら、いやがらせにアンカーをぬく人間だぞ？　どう考えたってふつうじゃない」

そうこうするうちに、外にいる〝だれか〟は、とうとう四本すべてのアンカーをぬいてしまい、いよいよテントはだらしなく、ふにゃりとなりかけた。

「そうなると、人間ってのは腹《はら》がすわるものなんだな……。

おれたちはもうがまんできねえとばかりに、外へ出てとっちめてやろうと、ファスナーを勢いよく開けたんだ。

それを両手で広げるとな、すぐ目のまえに堂々とした感じで、ぬっとだれか立ってるじゃねえか。

『なんだこいつ！　随分挑戦的《ずいぶんちょうせん》だな！』そう思って、見上げるとな……」

そこにあるはずの、上半身が見あたらなかった。

腰《こし》から下の脚だけが、そこにずぼっと立っていたというのだ。

「それを見たとたん、おれたちは『ぎゃーっ！』と叫《さけ》んで、テントのおくへと転がった。すると今度は、ザクザクザクザクザクザクザクッ！　って、ものすごい勢いでテントの周りを走る足音が聞こえだしたんだ」

少しの間、テントの周りを走り回っていた〝だれか〟であったが、時間がたつにつれて歩調がゆっくりになっていき、やがて気配そのものが消えてなくなったそうだ。

飛田にはいえなかったが、つくづく仕事の予定があってよかったと、わたしは胸《むね》をなでおろした。

翁《おきな》の面

わたしが十七歳《さい》のころの話だ。

わたしはバイクのガソリン代をかせぐために、高校に通いながら連日、地元のガソリンスタンドでアルバイトをしていた。

やってきた車にガソリンを入れる……単純《たんじゅん》作業に思われがちだが、ガソリンスタンドの仕事は、他《ほか》にも山ほどあり、仕事を終えてもどると、つかれはてて夕食も食べずに寝《ね》てしまうこともしばしばだった。

そんなある日のこと。

なぜかその日は、日が暮《く》れてからの洗車《せんしゃ》依頼《いらい》が立てつづけに入り、深夜の閉店《へいてん》時間ともなると、全員身も心もくたくたになっていた。

あまりにつかれたわたしは、帰宅《きたく》後すぐに風呂《ふろ》へ入ると、夕食もとらずにベッドへたおれこんだ。

目をつぶってしばらくしたときだった。

突然《とつぜん》耳鳴りがしはじめ、そのまま強烈《きょうれつ》な金しばりに見まわれた。

よくつかれていると金しばりになりやすいという人がいるが、この年にいたるまで、わたしにはその自覚はない。

〝つかれ〟と〝金しばり〟にわたしの中で因果関係はまったくなく、〝金しばりは霊《れい》現象〟という単純《たんじゅん》な図式が成りたっている。

じんじんと全身をしめつける金しばりは延々《えんえん》と続き、そのうちにまぶたの裏《うら》に、なにかの映《えい》像《ぞう》がうかびあがってくるのがわかった。

上も下もわからない真っ暗な空間を、なにかがしきりに動きまわっている。

それはまるで、ぐるぐると回転するように弧《こ》を描《えが》きながら、近くなったり遠くなったりを繰《く》り返している。

お面……。

それはまるでじい様のような顔をしていて、にんまりとした表情がかえって気持ち悪い。

あとになって、それが狂言《きょうげん》などに用いられる、〝翁《おきな》の面〟であることを知ったのだが、そのときのわたしは、それがなんなのか、まったく知るよしもなかった。


その二日後のことだ。

夕方から集まった友だち数人と、家のまえでバイクを囲みながら話しこんでいると、その中のひとりがこんなことをいいだした。

「〇〇村にある、赤松の林をぬけてしばらく行くとな、大きな別荘《べっそう》かなにかの廃屋《はいおく》があるんだ。以前、兄貴《あにき》とつりに出かけたときに、偶然《ぐうぜん》見つけたんだが……」

「見つけたんだが……どうした？」

「遠くから見たとき、建物すべての窓《まど》に明かりが灯ってたんだ。なのに、近づくにつれて少しずつ明かりが消えていってな。そのうち、すべての明かりが消えて真っ暗になっちまった。

おれたちは、その近くの河原にテントを張って一夜を過ごし、次の日の夕方までつりを楽しんでいた。

そこそこ釣果《ちょうか》もあったんで、暗くなるまえに帰ろうということになり、荷物をまとめてきた道をもどることにしたんだ。

道すがら、例の明かりがついてた家を見たんだが、おどろいたことに、そこは完全な廃墟《はいきょ》だったんだよ。

以前は暗くて確認《かくにん》できなかったんだが、近くへ寄って中をのぞいてみると、壁紙《かべがみ》がはがれおちてたり、天井《てんじょう》がくずれてたりで、とてもじゃないが人が住めるような状態じゃなかったんだ」

興味津々《きょうみしんしん》なわたしは、さらに質問した。

「そこまでは、バイクで入っていけるのか？」

「あ、ああ、あのときも、兄貴《あにき》の車をそのあたりに止めてたからな。なんでそんなこと聞くんだよ？」

「決まってんだろ？　いまからみんなで行くんだよ」

若気《わかげ》のいたりとは、よくいったものだ。

いまのわたしなら、そんな場所には絶対に行かないし、もし行こうとする者がいたならば、絶対に止めただろう。

でも、そのころのわたしは、目先の楽しさだけを追求して、決して足をふみいれてはならない場所へと、むかってしまったのだった。


およそ一時間後、わたしたちは多少迷いながら、なんとか問題の廃墟《はいきょ》へ到着《とうちゃく》した。

だが、友人が見たという明かりはどこにも点《つ》いておらず、ただ静まり返った廃屋《はいおく》が、漆黒《しっこく》の闇《やみ》にとけこんでいるだけ……。

「ど、どこにも明かりなんか点《つ》いてないじゃんか」

「案外、なにかと見まちがえたんじゃねえの？」

友人たちが怖《こわ》さをまぎらわすように、ちゃかしていった。

「この真っ暗な中で、なにとなにを見まちがえるんだよ！」

目撃者《もくげきしゃ》の友人が口をとがらせていったが、この時点ではまだ、わたしたちはたがいに冗談《じょうだん》っぽくそんな会話を投げあっている状態だった。

そんな会話を交《か》わしているうちに、そろそろと建物に近づいていく。

ところどころ壁《かべ》がはがれおちてはいるものの、全体的にまだしっかりとしているのが暗闇《くらやみ》の中でもわかる。ちゃんと手直しさえすれば、立派《りっぱ》な邸宅《ていたく》へと様変わりすると思われた。

薄《うす》よごれた窓《まど》から中をのぞくと、家財道具の類いは置かれていないものの、重厚な雰囲気《ふんいき》のある階段《かいだん》や、天井《てんじょう》から下がったままのシャンデリアが見てとれる。

「よし。じゃあ、中に入ってみるか」

わたしは、当然、みんな中に入るものと思い、そういった。

「えっ、いやだよ、ばか！」

「おれもいやだ！　おっかねえ！」

「なんでおまえ、わざわざ中に入るってんだ⁇」

異口同音《いくどうおん》にそこにいた全員が返してきた。

「……なんだおまえら？」

「なんだじゃねえ！　お、おまえがここにくるっていいだしたんだから、おまえが入れ！」

「そうだそうだ！」

「おれたちはここで見はってやる！」

彼《かれ》らがなにをどう見はるのか定かでないまま、結局、わたしひとりで〝廃墟探訪《はいきょたんぼう》〟に出むくことになった。

わたしはかぎが開いたままになっている玄関《げんかん》ドアを開け、屋敷《やしき》内へとふみいった。

一歩入ったとたん、長年そこに充満《じゅうまん》するかびくささが鼻をついてくる。

手にした小さな懐中《かいちゅう》電灯の、黄色い明かりがなんとも心もとなく、わたしの数歩先をぼんやりと浮《う》かびあがらせている。

仲間のまえで虚勢《きょせい》を張った自分が、いまはなんとも滑稽《こっけい》に思えてしかたない。

一階の広間をあらかた見わたしたあと、窓《まど》からのぞく友人たちに見守られながら、今度は二階へ上がる階段《かいだん》を上っていく。

その一段《だん》一段《だん》にいたるまでカーペットがしかれ、それはまるで、ホテルのロビーの階段《かいだん》を思わせるかのような設《しつら》えだった。

二階の廊下《ろうか》は一直線に先へのびていて、懐中電灯《かいちゅう》の弱い光では、そのつきあたりを照らすことはできない。

右側の壁面《へきめん》には等間隔《とうかんかく》で窓《まど》がついており、そこからのぞくと、下で待っている友人たちの姿《すがた》が見えかくれしている。

その先へ進むと、同じ右側の壁《かべ》に一枚《まい》のドアが現れた。

おそるおそるそれを開けてみる。

そこはなにひとつ物が置かれていない、だだっ広い真四角の部屋だった。

懐中電灯《かいちゅう》の小さな明かりを方々にむけて確認《かくにん》すると、床《ゆか》は一面板張りで、壁《かべ》には大きな鏡がはめこまれていた。

ガラスの割《わ》れた、二間ほどの大きな窓《まど》を見つけてそこへ近づいてみると、そこから川の方へ張りだした大きなテラスがあった。

わたしは、割《わ》れたガラスの間をぬけてテラスへ出ると、下にいる友人たちに手をふった。

と、そのとき！

カッコ――――ン!!

わたしのすぐうしろで大きな音がして、わたしは思わず飛びあがりそうになった。

「なんだよ、いまの音? なにがあったんだ中村!?」

どうやらいまの音は、下にいる連中にも聞こえていたらしく、なんだなんだとさわぎになっている。

わたしは、たまらなくドキドキしていた。

さっきの音が、わたしのうしろにたたずむ、真っ暗な部屋の中から聞こえたのはあきらかなのだ。

だが、みんなが待つ下の階へ下りるためには、いやがおうでもその部屋を通りぬけなければならない。

そのとき持ちあわせていたすべての勇気をふりしぼり、わたしはふたたびこわれた窓《まど》わくをくぐって、部屋の中へと足をふみいれた。

さっきわたしがこの部屋に入ってきたとき、開けはなったままにしておいた入り口のドアは、いまもそのままになっている。

窓《まど》からドアまではそこそこの距離《きょり》があり、いわば部屋の中を、ななめに通過する形になるわけだ。

(とにかくいまは、一刻《いっこく》も早くこの部屋を出なければ!)

わたしはそう思うと、自然と歩調も速くなり、開いたままになっているドアを目指して、ふみだした瞬間《しゅんかん》、視線《しせん》のすみに一瞬《いっしゅん》きらりと光を反射《はんしゃ》するものをとらえた。

わたしは思わず、そこにある〝なにか〟の方へと、懐中《かいちゅう》電灯の光をむけてしまった。

「な、なんだ……あれ?」

部屋のほぼ真ん中付近に、なにかが落ちている。

しかしその場所は、ついさっきわたしが歩きまわったところで、その時点ではなにひとつ置かれてはいなかったはずだった。

明かりを照らしながら近づいてみて、その正体を見たとたん、わたしは思わずぶるぶるっと身ぶるいした。

なんとそこにあったのは、二日まえの金しばりのときに見た、あの〝翁《おきな》の面〟だったのだ。

いま目のまえにあるそれは、真ん中から縦《たて》真っぷたつに割《わ》れており、しかも欠けた面からのぞく木の質感は真新しく新品そのもの。

なにがなんだか、わけがわからなくなり、虚勢《きょせい》を張っていた先ほどまでの余裕《よゆう》はふっとび、わたしはあわてふためいて、友人たちの元へと取ってかえした。

「な、なんだよ、おまえ、おっかねえな！　なんかあったのか!?」

下で待っていた友人たちが、少し笑いながらわたしにいった。

「実はい、いま、二階の部屋で……」

そこでわたしは、二日まえの金しばりにあったときの話から、たったいま起こったことまでを、友人たちに矢継《やつ》ぎ早《ばや》に話して聞かせた。

翌日《よくじつ》、昼間なら怖《こわ》くないだろうと決起したわたしたちは、仲間を増員し、ふたたびその廃屋《はいおく》を訪《おとず》れた。
だが、どんなに探《さが》しまわっても、あの翁《おきな》の面を見つけることはできなかった。

井《い》戸《ど》のある家

十八歳《さい》のころのわたしは、ちょっと人とちがったものを嗜好《しこう》していた。

おおよそ若者《わかもの》らしくない墓相や家相といったものに興味があり、それがまた実にじんわりと、わたしのなかにしみいってきた。

これは、その〝家相〟に関する、おそろしくも不思議な話である。


当時わたしは、友人の紹介《しょうかい》で和美という女性と知りあった。

「家にきてみない？」

つきあいはじめて数か月がたったころ、それまではほとんど外で会っていた彼女《かのじょ》からそうさそわれた。

わたしの家から二十分ほどの場所だということで、電話で道を聞き、わたしは夕方、和美の家にむかった。

着いてみるとどこにでもあるような、木造の二階建てアパートで、外階段《かいだん》外ろうかの、当時にしても、古めかしい造りだった。

一階のいちばん手前に和美の親が住み、その真上に位置する部屋が彼女《かのじょ》の住居。

わたしは車を置くと、鉄製の階段《かいだん》を上って呼《よ》び鈴《りん》をおした。

部屋の中は小ぎれいに片《かた》づけられており、そこはさすがに女性の部屋といったイメージ。

しばらくの間、レコードを聞いたりコーヒーを飲んだりしていたが、突然《とつぜん》、どこからともなく、電子音が鳴りひびいた。

彼女《かのじょ》は立ちあがって部屋の入り口近くにあった、小さな機械にむかって返事をした。どうやら一階と二階を、インターホンでつないでいるらしい。

「食事の用意が整ったから、下りていらっしゃい」

インターホンごしに、彼女《かのじょ》のお母さんと思われる女性の声がして、和美は「はーい」と明るく答えた。

（え～?!）

正直わたしは面食らった。

初めて遊びにきた彼女《かのじょ》の家で、いきなり親御《おやご》さんに会うことになろうとは思わなかったからだ。

「い、いいのかなぁ」

「いいのよ。さ、行こう行こう」

わたしはすっかり彼女《かのじょ》にほだされ、いわれるがままに階下へ下りていった。

「お、おじゃまします。あの……初めまして」

いたってぎこちないあいさつをするわたしを、彼女《かのじょ》のお母さんは、満面の笑みで迎《むか》えいれてくれた。

テーブルの上には、特上寿司《ずし》に、いろいろな揚《あ》げ物がならび、まるで小さなパーティーのような用意がされている。

「さあ食べましょう！」

お母さんにそういわれて席に着くが、なんだか気おくれして箸《はし》が進まない。

しかしそうこうするうちに、わたしのずうずうしさがじょじょにあらわとなり、すっかり打ちとけてしまった。

そのときだ。

初めて訪《おとず》れた彼女《かのじょ》の実家、しかも食事の最中だというのに、尋常《じんじょう》ではない眠気《ねむけ》にわたしはおそわれだしたのだ。

「ね、眠《ねむ》い……」

「どうしたの？」

和美がおどろいて、わたしの顔をのぞきこむ。

「ごめん、なんでこんなに眠《ねむ》いんだろう……」

「寝《ね》なさい寝《ね》なさい。ほら、このざぶとん、まくらにして……」

お母さんがそういってくれたのも待たずに、わたしはその場にごろりと横になった。

チョロチョロチョロチョロ……

と、そのとたん、水が流れる音が聞こえ、いままでの眠気《ねむけ》がうそのように、わたしははっと覚醒《かくせい》した。

「ど、どうしたの？　寝《ね》るんじゃなかったの？」

と和美が声をかけたが、いまはそれどころではない。

わたしはその場で飛びおきると、おどろく彼女《かのじょ》をしり目に、お母さんにたずねた。

「お母さん！　この下に、下水かなにかあるんですか？」

「下水なんかないわよ。なんで？」

「だ、だって、床下《ゆかした》から水の流れる音が……」

わたしがそういうと、お母さんはおどろくべきことを返してきた。

「ああ、それはね、井戸《いど》の音よ」

「え！　井戸《いど》!?」

なぜわたしが、それほどまでにおどろいたのか。それには、理由があった。

【家相学　大凶《だいきょう》の相】活水脈（井戸《いど》）をまたいで家を建てる

その顕著《けんちょ》な凶兆《きょうちょう》：

一　家主が外に異性《いせい》を囲い、もどってこなくなる

二　精神に異常《いじょう》をきたす・神がかり

三　殺傷《さっしょう》・暴力・殺人

四　霊《れい》の出現

五　不審《ふしん》火・火災・焼死

わたしは特に〝活水脈をまたいで〟というこの大凶《だいきょう》の相が気になり、さまざまな文献《ぶんけん》を読みあさり、勉強をしたばかりだった。

「もしかしてそれは、そのまま放置しているんですか？　その井戸《いど》からは、いまは水はくみあげてないのでしょうか？」

わたしの投げかける質問に、当初は困惑《こんわく》気味なお母さんだったが、わたしが家相学を研究していると知ると、真剣《しんけん》な面持《おもも》ちになって答えた。

「このアパートはね、もともともっと小さかったのよ。

そのころは玄関《げんかん》のまえに井戸《いど》があってね、娘《むすめ》も大きくなって個別の部屋が必要だからということで増築したの。その際に井戸《いど》をまたぐ形で、いまいるこの部分を建て増ししたわけ」

それで床下《ゆかした》に井戸《いど》があるなぞは解けた。

問題は、その井戸《いど》の水を現在どうしているかなのだ。

なぜなら、井戸《いど》からわきあがる水をなんらかの形で使ってさえいれば、なんとか凶兆《きょうちょう》からはのがれることができるとされているからだ。

「井戸《いど》は現在、どういう状態になってるんですか？　いまでも使ってるんですか？」

しかしお母さんは、のんびりとした声で続けた。

「いまはまったく井戸《いど》は使っていないわね。ふたもなにもしていないし、そっくりそのまま床《ゆか》下《した》に残ってるはずよ……」

最悪のケースだった。

それを聞いて、わたしは思わずその場からにげだしたくなったほどだ。

「どうしてそんなこと聞くの？　変な人ねぇ、ほほほほほ」

お母さんがそういうのも無理はなかった。

その時点では、家相の説明をお母さんにできる雰囲気《ふんいき》ではなかったし、また、たとえそれを持ちだしたとしても、真剣《しんけん》に受けいれてもらえるとも思えず、わたしと和美は、二階の部屋に引きあげた。


「ねぇ、なんで急にあんなこと、いいだしたのよ？　わたし、なんだかはらはらしちゃったじゃない」

彼女《かのじょ》は少しむっとしながらいった。

ふたりの間に不穏《ふおん》な空気が流れだし、わたしはやむなくすべてを打ちあけることにしたが、そのまえに気になっていたことを聞いてみた。

「もうこんな時間だけど、お父さん、まだもどらないの？」

すると和美は、一瞬《いっしゅん》下をむき、いいにくそうに答えた。

「実はね、うちのお父さん……外に女の人がいてね」

「えっ……」

「はずかしいことだからいいたくなかったんだけど、もう何年も家に帰ってこないのよ……」

それを聞いたとたん、わたしの脳裏《のうり》に〝顕著《けんちょ》な凶兆《きょうちょう》──〟が浮《う》かんだのは、いうまでもなかった。

それからわたしは彼女《かのじょ》に、家相の話を語って聞かせた。

和美は「信じられない」とくりかえし、予想通り、にわかには受けいれられないようだった。

数日後、ふたたび彼女《かのじょ》の家に遊びにいき、新しく買ったレコードを、カセットテープにダビングしていたときのこと。

グエェェェェ～ウエェェェェェェ～

実にうす気味悪いさけび声が聞こえて、わたしは固まった。

その声は、初めてこの家を訪《おとず》れたときにも聞いたような気がしたが、そのときは井戸《いど》の問題が大きすぎて、気にとめる余裕《よゆう》がなかった。

「ねえ、ちょっと聞きたいんだけどさ。この声、なに？」

わたしがたずねると、彼女《かのじょ》は申しわけなさそうにいった。

「実はこの声ね、わたしの叔母《おば》なのよ。母の妹。以前ははなれた町に住んでたんだけど、母をたよってきてね。以前はふつうのやさしい叔母《おば》だったんだけど……」

「だったんだけど？　もしかして、この家にきてからああなったってことじゃないの？」

「そうね。確かにそうかも」

時期的なことを確認《かくにん》すると、彼女《かのじょ》の叔母《おば》が転居してきたのは、この家を増築した直後。お父さんが帰ってこなくなったのも、増築してからすぐだったという。

〝顕著《けんちょ》な凶兆《きょうちょう》　二〟だった。

しかし、それらはいずれも、以降《いこう》に起こる事象の前兆に過ぎなかったのだ。


それから、しばらく仕事が多忙《たぼう》になったこともあって、わたしは彼女《かのじょ》と会う機会がなかった。

一か月ほどたったある晩《ばん》、わたしが家に帰ると、けたたましく電話が鳴っていた。

それは和美からだったが、いつになく元気がない。

「元気ないね。どうした?」

「うん。実はね……あなたのいってること、本当なのかも」

彼女《かのじょ》の話しだした事情を聞き、これは本格的に大変な事態が起こりはじめたとわたしは直感した。

数日まえから彼女《かのじょ》の母は雨戸を開けなくなり、食事も満足にとっていないというのだ。

異変《いへん》はそれだけに留《とど》まらなかった。

突然《とつぜん》、お母さんは「自分は神である」といいだし、部屋中に仏像を置き、昼夜を問わず念仏をとなえているというのだ。

「今日なんか、わたしのこともよせつけないの。食事を作って持って行っても、『これには毒が入っている! わたしを殺そうとしている!』といって食べてくれない。だから、スーパーでお弁当を買ってきて、わたしたのよ。でも結局『毒が入ってる!』の一点張りで、お弁当は窓《まど》から投げすててしまったのよ」

翌日《よくじつ》、わたしは仕事が終わるとすぐに、彼女《かのじょ》の家へかけつけた。

彼女《かのじょ》がいう通り、外に聞こえるほどの大声で、お母さんが念仏をとなえている。

このまま放っておいたら、じきにたおれてしまう。とりあえず衰弱《すいじゃく》しきったお母さんを、入院させることにした。

ところが、お母さんは病院に着くなり、症状《しょうじょう》が安定しはじめ、本人が帰りたがっていることもあり、結局、翌日《よくじつ》には退院してしまった。

そのお母さんの一件があってから、わたしはなんとなく、その家にかかわることがためらわれるようになり、自然と自分から電話をすることが少なくなっていった。

それからしばらくして、夜中にけたたましく電話が鳴った。

予想通り、和美からだった。

「お願いすぐにきて！　お母さんが……」

彼女《かのじょ》は激《はげ》しく泣きじゃくり、それ以上は言葉にならない。

わたしはすぐに着がえると、車を飛ばして彼女《かのじょ》の家へむかった。

通いなれた道を飛ばし、表通りから左に折れた瞬間《しゅんかん》、わたしの目に飛びこんできたのは、何台もの緊急《きんきゅう》車両。ちかちかと回転する、たくさんの赤色灯だった。

車から飛びだしたわたしは、いちもくさんに彼女《かのじょ》の家へと走った。

わたしの目のまえを、いままさに、お母さんがストレッチャーに乗せられて搬送《はんそう》されていく。

その腹部《ふくぶ》にはナイフが刺《さ》さっていた。

そのあとをついていく和美の姿《すがた》が見えて、わたしはあわてて声をかけた。

「なにがあった!?」

わたしの姿《すがた》を見たとたん、彼女《かのじょ》はその場で泣きくずれた。

「病院からもどってからは、母は元気になっていたの。

ところがね、今日の夕方から『外で変なにおいがする』っていいだした。実はそれはわたしも感じてて、確かに接着剤《せっちゃくざい》かなにかのようなにおいがしてたの。

暗くなってから、となりの部屋に住んでる若《わか》い夫婦が、ドタンバタンとすごい音を立てだして、母が注意しにいったの。そしたら……」

和美のお母さんが、となりの部屋のようすを見にいくと、夫の方がことをあろうにシンナーを吸《す》ったあげく、それをとがめた妻に、なぐるけるの暴行をくりかえしていた。

お母さんが部屋の中でぐったりとしている妻に声をかけていると、錯乱《さくらん》した夫が、台所から包丁を持ちだして、お母さんに切りつけたのだという。

幸いなことに、刃《は》は内臓《ないぞう》には達しておらず、お母さんは数週間の入院で完治した。

〝顕著《けんちょ》な凶兆《きょうちょう》　三〟だった。


お母さんが入院して、しばらく実家にひとりになってしまう和美をはげまそうと、仲間数人といっしょに、わたしはにぎわいのある町へと遊びにくりだした。

おいしいものを食べ、繁華街《はんかがい》を遊びまわる。和美に少し笑顔がもどったころ、時計の針《はり》は十二時を回り、そろそろ帰宅《きたく》しようかということになった。

友人の車に全員乗りこみ、最初に和美を家まで送っていくことにした。

いつもの表通りから左へと角を曲がる。

和美の家は、そこから少し行った右手にあるのだが、なんだかようすがおかしい。

「ちょっと止めてくれ！」

わたしは運転している友人にいうと、二階にある彼女《かのじょ》の部屋の窓《まど》を凝視《ぎょうし》した。

部屋の中には常夜灯の豆電球だけが灯っているようだ。周囲に街灯の類いがないので、彼女《かのじょ》の部屋のようすがぼやっとうかびあがって見える。

その彼女《かのじょ》の部屋の中を、ぐるぐるとだれかが歩き回っているのだ。

わたしはそれが、自分のかんちがいでないことを確認《かくにん》するため、和美に聞こえないように、他《ほか》の友人たちに小声でたずねてみた。

「どうだ？　おまえたちにも見えるかあれ？　だれか……いるよな？」

「ああ。確かにだれか歩きまわってる！」

みんなが小声でいった。

わたしは和美から部屋のかぎを受けとると、和美のボディガード用に、車内に男をひとり残して、数人で鉄の階段《かいだん》を上っていった。

むろん、部屋の入り口は、ここひとつしかない。いわば、にげ場はないわけだ。

そっとかぎを開け、一気にドアを開いて部屋へとなだれ込《こ》み、即座《そくざ》に電灯を点《つ》ける。しかし、みんなで部屋中を見まわして確認《かくにん》したが、そこにはあやしい人物はおろか、人っ子ひとりいなかった。

「やだーっ！　なんで!?」

状況《じょうきょう》を話すと、予想通り和美は激《はげ》しく動揺《どうよう》した。とてもではないが、そのまま自室に留《とど》まっていられる雰囲気《ふんいき》ではない。

とにかく急いで身の回りのものをかばんにつっこみ、そのまま彼女《かのじょ》はお母さんが退院するまで、わたしの家に寝《ね》とまりすることになった。

それから二週間ほどして、お母さんが予定より早く退院できることになり、和美は自宅《じたく》へともどっていった。


それから数日後、お母さんの全快祝いをするとのことで、わたしは花を持って彼女《かのじょ》の家を訪《おとず》れた。

すると実家の部屋の玄関《げんかん》先で、見なれぬ老夫婦が神妙《しんみょう》な面持《おもも》ちで、お母さんと話しこんでいるのが見えた。

「大変残念ですが、そういうことで……」

少し話しこんだあと、そういって老夫婦は去っていった。

あとに残った和美とお母さんは、ぶぜんとした表情で暗く落ちこんでいる。

「どうしたの？　だれいまの人たち？」

わたしは和美に聞いてみた。

「何年かまえに二階のおくの部屋に入ったご夫婦なんだけど……部屋にね、幽霊《ゆうれい》が出るっていうのよ」

「なんだって!?」

「以前からなんどか、夜中に金しばりにはかかってたんだって。だけど、それ以上のことがなにか起こるわけでもないので、たいして気にもしていなかったんだけど、最近になって、部屋の中に見たこともない男が現れるようになったって。それが一度や二度じゃないらしいの……」

数週間まえに見た、和美の部屋を徘徊《はいかい》する人影《ひとかげ》、そして、老夫婦が見たという男の霊《れい》……。

〝顕著《けんちょ》な凶兆《きょうちょう》　四〟だった。

それからすぐ、どちらからいいだすともなく、別れ話が持ちあがり、和美と会うことはなくなった。

別れて一年ほど経過したころ、わたしはたまたま用があり、彼女《かのじょ》の家の近くを通りかかった。なんどもなんども通った道。だがいまは、よほどの用がないかぎり、通ることもなくなった道である。

「えっ!?」

いままさに、その見なれた角を曲がって、わたしはぎょっとして思わず車を止めた。景色が記憶《きおく》とちがう。

彼女《かのじょ》の家は……なくなっていた。

車から出て和美の家があった場所に近づくと、むかいのおばさんが声をかけてきた。

「あらあら、久しぶりねぇ」

「ここ……和美ちゃんの家、いったいどうしちゃったんですか?」

「そうなの。あなた知らなかったのね。このお宅《たく》ね、半年まえに火事で焼けちゃったのよ」

「えっ!　家の人たちは!?」

「それはだいじょうぶ、みんな無事でね。いまは別のところに新しい家を建てたって、この間あいさつに見えたわよ」

「そ、そうなんですか……よかった。でも、なんで火事なんか」

「それがね、まったくの不審火《ふしん》でね。火元は二階のいちばんおくの空き部屋だって……。でもね、不思議なこともあるもんね。新しい家に引っこしてから、具合が悪かった妹さんも、すっかり元通りになったんですってよ」

井戸《いど》のある家は、不審火《ふしん》によって全焼していた。

これでわたしが知る〝家相学：大凶《だいきょう》の相〟が完結したことになる。

もちろん世の中にある同様の物件が、すべてこれに該当《がいとう》するとはかぎらないだろう。だが、顕著《けんちょ》に水が〝障《さわ》った〟あくまで一例として、ここに記述しておく。

からくり人形

わたしの古くからの友人に、千之《せんの》ナイフさんという漫画家《まんがか》さんがいる。

これは、数年まえにご本人から直接うかがった、興味深くも不思議な話だ。

千之《せんの》さんはメジャーデビューしたあとも、しばらくは利便性を考えて、独立したアトリエを持たず、実家の二階にある和室で作画作業を進めていた。

なにぶんにも作画用のデスクがないため、食卓《しょくたく》テーブルをまえに、一日中、座《ざ》いすにすわって作業することになる。

「座《ざ》いすに長時間すわりっぱなしの姿勢《しせい》がねぇ、本当に腰《こし》にくるんですよね～」

千之《せんの》さんはよくそういうが、わたしも、同じような姿勢《しせい》で執筆《しっぴつ》作業をすることがあり、〝腰《こし》にくる〟というのはよくわかる。

人間の体というのは、長時間同じ姿勢《しせい》のままでいると、節々がつっぱり、こりかたまってしまう。肩《かた》こりや腰痛《ようつう》はその典型で、そのいずれも、血流がとどこおることで起きる。

「だからぼくは、ときおり背《せ》すじや首すじをのばすために、両手を上げながら『ん〜』と思いきりのびをするんです。

その日も、ときおりのびをしながら仕事してたのですが……」

突然《とつぜん》、千之《せんの》さんを異変《いへん》がおそった。

のびをしながら目を開けると、なんと視界《しかい》にあるはずの、左右のはしの部分がない。いや、ないのではなく、視界《しかい》の両端《りょうたん》が真っ黒くなっているのだ。

しだいに、その範囲《はんい》は増えていき、極端《きょくたん》に視野《しや》がせまくなっていった。

「一瞬《いっしゅん》、なにが起こっているのかがわからず、無理やりつかれてるからだと思いこもうとしたとたん、こんどは体が動かなくなりました」

千之《せんの》さんのいう〝体が動かなくなった〟というのは、決してつかれなどではない。

わたしが頻繁《ひんぱん》に経験する金しばりに他《ほか》ならなかった。

時間は昼を少し回ったあたりで、目のまえには障子戸《しょうじ》がはめこまれた窓《まど》がある。

そこから差しこむ日の光が、いつもはまぶしいほどに感じられるはずなのに、いま自分が見ている視界《しかい》は極端《きょくたん》にせばまり、まるで自分の周囲だけが真っ暗に見えるのだ。

「いったい自分はどうしちゃったんだろう……？

そんなことを思っていると、こんどはどこからともなく『カカカカカカカカッ』という、かわいた音が聞こえてきたんです」

千之《せんの》さんがすわっているところから見て、右に位置するあたりには、大きなステレオセットが置かれていて、さらにそのたなの上には、以前千之《せんの》さん自身が通信販売《はんばい》で購入《こうにゅう》した、一体のからくり人形がのっている。

「その人形は決して、いわくつきでもなんでもなく、自分でぜんまいや歯車を組みたててからくりを作るという、自作キットなんです。

江戸《えど》からくりという、古くからあるタイプの『茶運び人形』を模《も》したもので、手にお盆《ぼん》を持たせその上に湯のみをのせると、トコトコトコッと歩くしくみになっているものです。

その人形がね、ファンキーさん……ぼくのせまくなった視界《しかい》の中で動いてるんですよ」

からくり人形

© 千之ナイフ

人形にお盆《ぼん》を持たせ、なにかをのせたわけでもないし、ぜんまいも巻《ま》いていない。

なのに、その人形がやおら動きだしたとなれば、おそろしいことこの上ない。

カカカカカカカカッという音を発しながら、黒くなった視界《しかい》のはしから現れたからくり人形だったが、そこは完全にステレオセットから、かけはなれた場所であることに千之《せんの》さんは気づいた。

「動けなくなったぼくが見ているのは、目のまえにある明るい障子戸《しょうじど》。

そこにその人形が見えるということは、人形は空中を歩いていることになるんです。

しかもさらにおどろいたことに、本来ならば人形は、紫色《むらさきいろ》のきれいな着物を着ているはずなのに、目のまえに現れたそれは、顔も着物もなにもかもが真っ黒なんです」

右から現れた人形は、その後もゆっくりと千之《せんの》さんの目のまえを歩いていき、やがて左側の黒い部分にかくれて見えなくなった。

と、そのとたん金しばりが解け、体の自由がきくようになったという。

(な、なんだよいったい、気持ち悪いなぁ……)

そう思いながら千之《せんの》さんが右を向くと、そこに置かれたステレオセットの上に、いつも通りからくり人形は静かにたたずんでいた。

たったいま経験したことは、決してかんちがいや思いちがいではない……。

そう確信した千之《せんの》さんは、気持ち悪くていてもたってもいられず、階下にいる両親のもとへむかった。

そして、たったいま自分の身に起きたことを、こと細かにふたりに伝えた。

「おまえは根をつめすぎなんだ。少し休んだらどうだ？」

「知らずにいねむりして、悪い夢でも見たんじゃない？」

しかし両親からは、想像通りの答えが返ってきた。

人というのはおかしなもので、多勢が無勢にむけていった言葉にある種の力を感じてしまうもの。

（確かにそうかもしれない。自分がつかれていたせいで、あれは単なる夢かかんちがいかも……）

このときの千之《せんの》さんもそう思いはじめていた。

ところが、それまで、なかばばかにするように笑っていた母の顔色が一変した。

なにかに気づいたようで、真顔で父にむけてこんなことをいいだした。

「ちょっと待って。今日……何日？」

「ん？　何日って……、あ！　しまった!!」

突然《とつぜん》ふたりはあわてたそぶりを見せ、妙《みょう》にそわそわして父がいった。

「今日はあの日じゃないか！」

「毎年欠かさずしていたのに、すっかり忘《わす》れて……」

千之《せんの》さんには、まったく意味のわからない会話をささやきあっている。

「いったいどうしたの？　あの日ってなに？」

たまらず千之《せんの》さんは両親の会話に割《わ》ってはいった。

すると両親は、すまなそうな顔をして、千之《せんの》さんにこんな話をしはじめた。

「実はね。うちにはあなたとふたりの弟以外に、もうひとり、生まれてこなかった子どもがいたのよ。

わたしたちはその子をふびんに思い、毎年7月のこの日に、ちゃんと供養《くよう》していたんだけどね……。今年はなんだかんだと忙《いそが》しく、ついつい忘《わす》れちゃったのよ。もしかすると、人形の姿《すがた》を借りて、それを教えにきてたのかもしれないわね……」

……と、ここでこの話が終われば、なんだか少しほっこりとする、〝怖《こわ》イイ話〟として記憶《きおく》に残るところだ。

だがこの話は、残念ながらここで終わらない。

その数年後。

仕事量が増えたこともあり、千之《せんの》さんは実家を出て、別の町に新居を構えることになった。

そんなある日、最近はめったに会うことのなくなった、弟ふたりと千之《せんの》さんとで、たまたまお酒を飲みに出かける機会にめぐまれた。

それまでは、あたりさわりのない世間話をしていた三人だったが、ふとしたひょうしに弟たちがこんな話をしだした。

「やばいよな。あの納戸《なんど》には、もう行けないよ、おれ」

「そうだよな。おれも気持ち悪くて、とてもじゃないけど行けないよ」

これは気になる。当然千之《せんの》さんも気になった。

「なぁなぁ、なにが気持ち悪いの？　納戸《なんど》って、実家の納戸《なんど》のことか？」

そう問いかけた千之《せんの》さんに、青ざめた弟たちが返した。

「え！　兄貴《あにき》なにも知らないの!?　実家の納戸《なんど》にある、あのからくり人形、あれ絶対やばいよ！」

それを聞いたとたん、千之《せんの》さんの脳裏《のうり》に、数年まえの夏に実家で体験した、あの不可思議なできごとがうかんだ。

新たな場所にアトリエを移す際、それまで実家の仕事場に置いていた、例のからくり人形を千之《せんの》さんは捨《す》てようと思っていた。

ところがそれを聞いた母が、もったいないから、自分がもらって大事にするといいだしたため、あの人形はそのまま、実家のあの部屋にあるはずだ。

「おれが納戸《なんど》に用があってとびらを開けると、人形の目が『ギロッ』とこっちをむくんだ」

「おれのときなんか、首ごとこっちむいたんだぞ！　それも一度や二度じゃない」

弟たちは口々にそう続けた。

じょうだんのような話だったが、自分も過去にあんな体験をしているだけに、千之《せんの》さんはにわかにそれを疑《うたが》うことはできなかった。

だが、母が〝大事にする〟といっていたはずの人形が、なぜ納戸《なんど》の中に追いやられ、ふだんは人の目にふれない場所に置かれているのか。

弟たちの話の確認《かくにん》もかねて、千之《せんの》さんは実家に電話して、母に事情を聞いてみることにした。

「あなたには悪いんだけど、気持ち悪くて仕方ないから、いまは納戸《なんど》にしまってあるのよ」

「気持ち悪いって……お母さんもなにかあったの？」

「こっちをふりかえるとか、目が動くなんていうのは、日常茶飯事《さはんじ》なのよ。あたしなんか、人形がまばたきするのを、この目で見ちゃったんだから」

元来、心霊《しんれい》やオカルト全般《ぜんぱん》を愛する千之《せんの》さんは、ここでいま一度そのからくり人形を見にいこうと心に決めた。

さっそく実家にもどった千之《せんの》さんは、取るものもとりあえず、弟たちがいっていた納戸《なんど》へむかった……。

「しばらくぶりにその人形を見て、心底おどろきましたよ。あれはぼくが作ったんです。だからこそ、細かな細工や顔形はしっかりと記憶《きおく》しています。でもねファンキーさん、全然ちがうんですよ。あれはぼくが作った人形じゃない！顔が、まるで生々しい人間の顔になっていたんです……」


〝人形〟と書いて、ヒトガタと読む。

昔は紙を人の形にしてヒトガタを作り、災難《さいなん》・厄災《やくさい》をそれに乗せ、水に流したり火で焼いたりして無病息災を願った。

千之《せんの》さんのからくり人形がなぜそうなったのか、〝なにか〟がそうさせたのかはわからない。

しかし昔から〝人形〟は、人間の〝身代わり〟として、よくないものをおしつけられ、封《ふう》じこめられるために存在《そんざい》しているのかもしれない。

真夜中の喫《きっ》茶《さ》店

近畿《きんき》在住の安藤《あんどう》さんという女性が、幼少期《ようしょう》に住んでいたある団地でのことを話してくれた。

彼女《かのじょ》の家では、寝《ね》るまえにはかならずトイレに行くということが、習慣づけられていた。

いいつけを守らず、もし夜中にトイレに行きたくなっても、親はついてきてくれない。

「寝《ね》るまえにしなかったのが悪いんやから、ひとりで行ってきなさい」

安藤《あんどう》家では、夜は部屋もろうかも真っ暗にして寝《ね》ていた。

ある晩《ばん》、ちゃんと寝《ね》るまえにすませたにもかかわらず、安藤《あんどう》さんはどうしてもトイレに行きたくなって目が覚めた。

あいかわらず部屋もろうかも真っ暗で、親はぜったいに起きてくれない。

（どないしょう……。おねしょしたら、またおしりたたかれる……）

いったんはろうかへ出かかったものの、ふたたびふとんへ引きかえし、かけぶとんのはしっこをくわえながら、ひたすらおしっこをがまんする安藤《あんどう》さん。

極端《きょくたん》な怖《こわ》がりだった彼女《かのじょ》に、勇気をふりしぼって暗闇《くらやみ》に立ちむかうなどという決断はできず、ひたすらおねしょの心配ばかりしていた。

そのとき、ふと背中《せなか》ごしに、だれかに名前を呼《よ》ばれた気がして、安藤《あんどう》さんははっとした。

「なぁに？」

と思わず返事をしながらふりむいたが、うしろにはだれもおらず、そこにはカーテンが引かれた窓《まど》があるだけ。

（いまのなんやろう……？）

そう思ってじっと窓《まど》を見つめていると、カーテンのすき間から、ぼんやりとしたやわらかい光が見えることに気づいた。明かりが見えたとたん、さっきまでの弱気はなりをひそめ、安藤《あんどう》さんはその光にむかってはいはいしながらゆっくりと近づいた。

カーテンのはしを指でつまみ、頭を少しずつ持ちあげる。

その窓《まど》からは団地の裏側《うらがわ》が見え、そのむこうには、住宅《じゅうたく》が密集《みっしゅう》している区画があるはずだった。ところが彼女《かのじょ》の目に映《うつ》ったのは、真っ暗な中に浮《う》かぶレンガ造りのビル。

そのビルのひとつの窓から、さらにやわらかな明かりがこぼれているのが見えた。

その窓《まど》には、当時のオフィスビルなどでは一般《いっぱん》的だった、たて型のブラインドがまっすぐかかっており、独特の細いすき間が等間隔《とうかんかく》にならんでいる。

さらに目を凝《こ》らして見ると、そのすき間のおくに、なにか丸い物がたくさんあるのが見てとれる。

それらは木箱の中に収《おさ》められていて、本物と見まがうような見事な花の絵がびっしりと描《えが》かれた、丸い大皿だった。その大皿の前に、同じ絵柄《えがら》のついたティーカップが、ちんまりと置かれている。

（あ、あそこのお店とおんなじカップや……）

たまに連れていってもらう百貨店の喫茶《きっさ》部にある、ティーカップと同じものだった。

さっきまでくよくよと考えていたおねしょのことなどすっかり忘《わす》れて、彼女《かのじょ》は視線《しせん》の先にあるそれらに見入っていた。

安藤《あんどう》さんはさらに、目のまえにならんだティーカップに目をやった。

(あれ、この間、お母ちゃんの本にあったやつや!)

その野いちごが描《えが》かれた一組のティーカップは、母が愛読する手芸雑誌《ざっし》に掲載《けいさい》されていたのと同じだった。まさにそのティーカップが、手が届《とど》こうかと思うほど近い場所に、きれいにならべられている。

(きれいやなぁ……。さわりたいなぁ。せやけど、さわったらおこられるやろなぁ)

いつのまにか安藤《あんどう》さんはカーテンをすべて開けはなち、窓際《まどぎわ》にほおづえをついてぼんやりとそんなことを思っていた……。


と、ここまで聞いたわたしは、どうしても理解できないことがあり、話をさえぎるようにして安藤《あんどう》さんにたずねた。

「ちょっと待ってください。そのレンガ造りの建物は、もともとそこにはないものなんですよね? その建物と安藤《あんどう》さんが住んでいた団地とは、どのくらいはなれていたんですか?」

「もちろんすぐ裏《うら》に、そんな建物なんかありませんでした。

でも目のまえに見えている建物とは、はっきりとした距離《きょり》はわかりませんが、五、六十メートルくらいでしょうかね……」

「それって、結構な距離《きょり》ですよ。そんな遠くにある建物の窓《まど》の、さらにそのおくにある、皿やカップの柄《がら》が見えたと？」

「そこが不思議な部分なんです。そのときはまるで、本当に手をのばせば触《ふ》れられるのではないかとさえ思えるほどで……。それを、ごくあたりまえの感覚で見ていたんですよね」

実に不思議な感じだが、わたしはさらに彼女《かのじょ》に続きをうながした。


ふいに目をやった時計の針《はり》は、深夜十二時を回っている。

ふたたび窓《まど》の外を見ると、突然《とつぜん》、先ほどまで見入っていたビルの窓枠《まどわく》の下から、細長いものがのびてくるのに気づいた。

それは、皿が入った木箱をならべたたなまでのびると、そのまたなのまえをゆっくりと移動しはじめた。

光の中で見えかくれしているそれは、すきとおるように白く、軽くはらいのけるだけでぽきっと折れてしまうのではと思うくらい、きゃしゃな右腕《みぎうで》だとわかった。

その白い腕《うで》はふたたび移動しはじめ、今度はならべられたティーカップのまえでぴたりと止まった。

そのまましばらくたたずんでいたが、また動きだしては次のティーカップへ、また次のティーカップへと、ひとつひとつじっくり吟味《ぎんみ》しながら選んでいるようだった。

（……だれぞお客さんがきはったんやろか）

いつしかあの光の窓《まど》のむこうを、喫茶《きっさ》店だと信じこんだ安藤《あんどう》さんは、自分のお気に入りのカップを持っていかれはしないかと、はらはらしながら見つめていた。

白い腕《うで》はその後も、なかなかティーカップを決められないようすで、ゆっくりゆっくり移動してはまたもどり……をくりかえしていたが、意を決したように、ある一組のカップの方へまっすぐ近づいていった。

「あかん！　取らんといて！」

白い腕《うで》が手をかけたのは、野いちごのティーカップだった。

それを見た瞬間《しゅんかん》、思わず安藤《あんどう》さんは白い腕《うで》にむかってさけんでいた。

すると彼女《かのじょ》の声に気づいたのか、白い腕《うで》はぴたりと動きを止めた。

(しもた！　お店の人におこられる！)

そう思ってとっさに両手で口をふさいだものの、いつ光の窓《まど》からお店の人がのぞくかとどきどきはらはらしながら見ていた。

白い腕《うで》はその後、長い時間、野いちごのカップのまえで止まっていたが、やがてそれが現れたときと同じように、ゆっくりと下がって見えなくなった。

(よかった！　うちのカップ、取られへんかった！)

お店の人に見つからなかった安堵感《あんどかん》より、勝手にお気に入りにした、野いちごのティーカップが使われなかったのが嬉《うれ》しかった。

そうするうちに、頭のおくから、にぶい重みがものすごい勢いで体全体を包みこみはじめ、安藤《あんどう》さんは、そのまま眠《ねむ》りのふちへと落ちていった。

翌朝《よくあさ》、目が覚めると安藤《あんどう》さんはふとんの中にいた。はっとして、あわててパジャマのうしろを確認《かくにん》する……がぬれていない。

となりでは、ぐっしょりとぬれたふとんのまえで弟がおいおい泣いており、その横に仁王立《におうだ》ちする母がいた。

それからというもの、安藤《あんどう》さんはちょくちょく〝深夜の喫茶店《きっさてん》〟を見るようになった。見るのはかならず真夜中で、おしっこがまんできなくて起きだしてしまい、めそめそしはじめると名前を呼《よ》ばれてふりかえる。

するとカーテンのすき間に淡《あわ》い光が見えはじめ、下から白い腕《うで》が現れ、それが野いちごのティーカップを選ぼうとすると安藤《あんどう》さんがさけび、直後に睡魔《すいま》がやってくる。

不思議なことに、この深夜の喫茶《きっさ》店を見た翌朝《よくあさ》は、ぜったいにおねしょをしていなかった。

その晩《ばん》も、安藤《あんどう》さんはおしっこがしたくなって真夜中に起きだし、いつものパターンで喫茶《きっさ》店をのぞいていた。

「おねぇ、あれ、なんや？」

突然《とつぜん》の声にびっくりしてふりむくと、ぬいぐるみをかかえた弟がうしろに立っている。

そのぬいぐるみはとてもかわいくて、しょっちゅう弟と取りあいをしていた。いつもならすぐに争奪戦《そうだつ》が始まるところだが、いまはそれどころではない。

光の窓《まど》の中の人に見つかってはいけないと、寝《ね》ぼけた顔でぼーっとつったっている弟の手首をつかんで急いでしゃがませた。

「なあ、おねぇ、あれ、なんなん？」

「しぃっ！　聞こえるやろ！」

大きな声で話しかけてくる弟の口をおさえ、自分の口に人差し指をおしつけた。

しばらくすると、いつものようにきゃしゃな白い右腕《みぎうで》が現れ、たなのまえをゆっくり移動しはじめた。

「あっ！」

「静かにいうてるやろ！」

安藤《あんどう》さんにしかられて弟は、あわてて自分の口にぬいぐるみをおしあてた。

白い右腕《みぎうで》はいつものように、ティーカップのひとつひとつを選ぶように、移動をくりかえしている。

「あれ、あの腕《うで》……なにしとるん？」

弟がこんどは小声で聞いた。

「あそこは喫茶店《きっさ》や。きっと、お客さんのカップ選んでんねんで。せやけどな、おねえちゃんの好きな野いちごのカップはあかん、いうたらやめてくれんねん」

「ぼく、あのぶどうのカップがいい」

そういって弟が指さしたのは、白地に藍色《あいいろ》でぶどうが描《えが》かれたティーカップだった。シンプルだが、大胆《だいたん》に描《えが》かれたぶどうのふさが、弟の目にとまったのだろう。

「あんたのぶどうのカップ、使われへんかったらええのになぁ」

「おねぇの野いちごのカップ、使われへんかったらええのになぁ」

白い腕《うで》が、お気に入りのカップのまえに止まるたびに、ふたりはどきどきしながらささやきあった。

ところが、白い腕《うで》がぶどうのまえで止まり、ゆっくり近づきはじめると、いきなり弟が立ちあがっていった。

「あかん！　それ、ぼくのや！」

安藤《あんどう》さんが止める間もなく、光の窓《まど》にむかって弟が大声でさけんでしまった。

すると、白い腕《うで》がぶどうのティーカップの手前で、ぴたりと止まるのが見えた。

(しもた！　おこられる！)

弟も自分のさけび声にびっくりしたのか、すぐ口をおさえると、安藤《あんどう》さんといっしょにむこうから見えないように床《ゆか》にしゃがみこんで、目をつぶった。

気がついたときには朝になっていて、ふたりともそれぞれふとんの中で目を覚ました。

弟のふとんは無事だった。

「ぜったいお母さんにも、お父さんにも、おにぃにもいうたらあかんで！　約束やで！」

母がふとんを片《かた》づけているうしろ姿《すがた》を見ながら、安藤《あんどう》さんは弟にかたく口止めした。

人に話したりすると、二度とあの喫茶店《きっさ》は現れないのではないかと、なぜだか漠然《ばくぜん》とそう感じていた。

弟も同様になにかを感じとったのか、約束を守ってくれた。

それ以降《いこう》も、ときにはふたりいっしょに、ときにはそれぞれ単独で、深夜の喫茶店《きっさ》を見たが、以前と変わって、名前を呼《よ》ばれることがなくなり、ふたりは夜中に目が覚めると、すぐにカーテンからもれる光を確認《かくにん》し、窓辺《まどべ》に寄って喫茶店《きっさ》をのぞいていた。

そして変わらず、あの光の窓《まど》の中に、白い腕《うで》は現れつづけた。


ある日、ふたりそろって光の窓《まど》をながめていると、突然《とつぜん》、うしろから声が飛んできた。

「……こんな真夜中になにしてるの？」

部屋の入り口に仁王立《におうだ》ちして、いつも以上に厳《きび》しい視線《しせん》で見おろす母がいた。

「子どもがこんな夜中に起きてたらあかんやないか。なに遊んでんのや？」

（ぜったいにいえない。いってしまえばこの光が消えてしまう！）

安藤《あんどう》さんは母の視線《しせん》を必死にそらしながら、だんまりを決めこんだのだが……。

「ちゃうねん！　ぼくのカップが使われそうになってん！　いややねん！　せやから見ててん！」

弟が泣きながら白状してしまった。

「カップ？　なんやそれ？」

母がいぶかしげに聞いた。

「あそこにあんねん。ぶどうのカップがあんねん」

「……どこによ?」

鼻水をたらし、嗚咽《おえつ》交じりに母に説明する弟の言葉が部屋にひびく中、安藤《あんどう》さんの頭の中は
あの光の窓《まど》のことでいっぱいだった。

(まだ、灯っているだろうか? ひょっとして、母に見つかったから、もう消えてしまったのではなかろうか?)

そんな思いが、頭の中をグルグルと旋回《せんかい》していた。

とうとう、父まで起きてきた。

「なんや? なにしとんねんこんな夜中に」

超堅物《ちょうかたぶつ》で、現実主義の父にかかってはもうだめだろう……安藤《あんどう》さんは、いよいよあきらめかけた。

「この子、なんや知らん、わけわからんこというてんねんけど……。理解できる?」

母が父に問いかけた。

「なにを話しとるんや?」

「光がどうの、窓《まど》がどうのって……だいじょうぶやろか？」

「光？　窓《まど》？」

それから両親は小声で二言三言交《か》わすと、父がおもむろに窓《まど》へ近づき、カーテンをめいっぱい開けた。

（あかん！　かみなりがおちる！）

そう直感して、安藤《あんどう》さんは両手でしっかり耳にふたをして、目をぎゅっとつぶった。

「なんや、あのビルかいな。えらい遠いもんが見えとるなぁ～」

てっきりどなり声がひびくとばかり思っていたが、父はおどろきの声をあげている。

ビービー泣いていた弟も、しゃくりあげながら父を見あげた。

「おまえたち、あんな遠くのもん、ほんまに見えとったんか？　すごいなぁ」

「なにが見えるて？」

母も不思議そうに窓辺《まどべ》に近づいて目をこらしている。

おくれて安藤《あんどう》さんと弟も、いっしょに窓《まど》をのぞきこむ。

そこには、いままで見ていたやわらかな光はまったく見あたらず、ただ墨《すみ》を流したような真っ暗な闇《やみ》が広がっているだけ。

「……どこにあるん?」

母が父にたずねる。

「よぉ見てみぃ。まっすぐいったおくの方に、建物あるやろ?」

「まっすぐ？　ああ！　あれかいな！　……あれはなぁ」

彼女《かのじょ》は、両親のなにかふくんだような話についていけず、弟といっしょにふたりを交互《こうご》に見ているしかなかった。


すると父はふたりに顔を近づけながら、こんなことをいいだした。

「おまえたちがいうてんのは、あのビルのことやろ?」

そういって、父は闇《やみ》にむかってまっすぐに指をさした。

なんどもまばたきしながら、なんとか闇《やみ》に慣れたとき、その漆黒《しっこく》の中にさらに闇《やみ》をたたえた、細長い影《かげ》がひとつ、遠くにたたずんでいるのが見えた。

（あれ？　……あんな遠くやったっけ？）

弟も安藤《あんどう》さんと同じ違和感《いわかん》を察したのか、どちらからともなく顔を見あわせた。

「あれ、まだあるんかいな……ええかげん、なんとかしてくれんと……」

「ほんまやわ、気色悪い……」

父の言葉を受けて、母も心配そうに大きくうなずいて見ている。

「おまえたち、あのビルのこと知ってるか？」

父に聞かれ、当然のことながらふたりいっしょに首を横にふる。

「せやろなぁ。おまえたちが生まれる、ずっとまえやからなぁ……」

そういいながら、父はもう一度、暗闇《くらやみ》に目をむけた。

「あそこはなぁ、もともとは貿易会社やってん……」

それは地元でもかなり大きな会社で、戦前までは大変繁盛《はんじょう》した会社だったという。しかし戦後、一気に事業が立ちゆかなくなり、ほどなく倒産《とうさん》したと父は説明してくれた。

「あの大阪大空襲《おおさかだいくうしゅう》でも、生き残ったビルやねんで。すごいやろ？

せやけど、あのビルな……」

いつのころからか、こんなうわさがささやかれだしたというのだ。

まえを通ると、ふいにだれかに呼《よ》びとめられ、ふりかえって見ると、屋上に近い窓《まど》に、小さな明かりが灯っている。

だれもがそこが廃《はい》ビルだと知っているので、あわててその場をはなれ、もう一度ふりかえると、明かりは消え、そこにはただ黒々とした廃《はい》ビルが建っているだけ……。

うわさはまことしやかに広まり、実際に目撃《もくげき》したという人もかなりの数になり、近隣《きんりん》からはなんども調査と取りこわしの申請《しんせい》が出されていた。

ところが、ビルの所有者が行方不明になっており、いまだに解体することができないでいるという。

「……おまえたちも、もしや名前、呼《よ》ばれたんか？」

父の問いかけにふたり同時に大きくうなずくと、父はいつも以上に眉間《みけん》に深くしわを寄せ、母と顔を見あわせた。

いつもとはちがう、けわしい表情の両親が、聞きなれないむずかしい言葉で話しあっている。

安藤《あんどう》さんと弟は、おろおろしながら見ているしかなかった。

翌日《よくじつ》から、夜中にトイレに行きたくなると、両親のどちらかが、トイレについてきてくれるようになった。

安藤《あんどう》さんたち姉弟には、いったい両親がどんな話をしたのか、あの光の窓《まど》がなんなのかまったくわからなかったが、両親がトイレにつきそうようになったことで、なにか重大なことなのかと感じとっていた。

真夜中のトイレタイムがすんで部屋にもどる。

安藤《あんどう》さんはいつものように、カーテンのそばにしゃがみこんで、下からカーテンをそっと持ちあげながらあの建物を探《さが》すが、あれ以来、明かりを見つけることはできなかった。

それからは、少しずつひとりでトイレに行けるようになり、いつしかあの光の窓《まど》のことも忘《わす》れていった。

彼女《かのじょ》の家族は、小学校の途中《とちゅう》で引っこすことになり、生まれ故郷《こきょう》をあとにした。

それから、ずいぶんと時がたったある日、なにかのひょうしにあの窓《まど》のことを思いだした。

(そういえば、あの建物とあの窓《まど》の明かり、いまはどうなってるんやろ……？)

ひとたび思いだしてしまうと、気になってしかたない。

安藤《あんどう》さんは、休日を利用してひさしぶりに故郷《こきょう》に足をむけた。

まずは昔住んでいた団地にむかい、そこから見えていた場所を特定していった。

(こっちの窓《まど》から見えたってことは、さっきの道を……)

もときた道をなんども往復しながら、規則正しくならぶ家々の影《かげ》をふみつつ、細い道をくねくねと歩いていくと、突然《とつぜん》、明るく開けた場所に出た。

しばらく目が開けられないほどの光を、手のひらでさえぎりながらじょじょに目を慣らしていくと、目のまえにレンガ造りの建物が見えた。

ゆっくりと目線を上げていく。

そこには、記憶《きおく》の底にあった窓《まど》が見えた。

何十年と風雨にさらされ、すっかり茶色くすすけた窓《まど》と、むりやり引きちぎったように、ざんばらになったブラインド……。

子どものころ、まちがいなくこの目で見た窓《まど》なのに、あまりにもかけはなれた現実の姿《すがた》に、安藤《あんどう》さんの記憶《きおく》は追いつかなかった。

ビル自体が、昔の面影《おもかげ》をいっさい忘《わす》れたように、ただどんよりとそこにたたずんでいた。

「あのとき、わたしたちが見た光景が、いったいなにを意味するのか、あれがなんだったのか、それはいまになってもわかりません。なぜわたしたちに見せたのかということさえも……」

現在、安藤《あんどう》さんは仕事をやめて家庭に入り、子育てにご近所付きあいにと、ゆっくりと人生を歩んでいる。

そんな現実世界で時間に追われる中、いまも無意識のうちに、あの日見た野いちごのティーカップを探《さが》しているという。

霊《れい》を呼《よ》ぶ本

ここで少々おかしなことをカミングアウトする。

この「怪談《かいだん》　5分間の恐怖《きょうふ》」シリーズを出版するにあたり、明け方までかかって原稿《げんこう》を書くこともしばしばだった。

その結果、わたしは実に数多くの怪異《かいい》を体験することとなった。


一昨年、秋。

その日は朝から諸用《しょよう》が重なり、パソコンにむかって原稿《げんこう》を書き始めたのは夕方からだった。

そのとき書いていたのは、『マネキン人形』に収載《しゅうさい》している「屋上にいる」という話で、わたしが若《わか》いころに経験した、実におぞましくも悲愴感《ひそうかん》ただよう内容だった。

窓《まど》から差しこむ日の光も、だいぶ西へかたむき、遠くに見える街灯が、ちらほらと点《つ》きはじめている。

時間的にいっても、そろそろ腹《はら》の虫も鳴きだすころだ。

（今夜はなにを作って食べようかなぁ……）

冷蔵庫《れいぞう》の中にある食材を思いうかべ、そんなことを考えていると、突然《とつぜん》、ガチャリと外のとびらが開く音がして、玄関《げんかん》まえのドアがバタンと閉《し》まった。

これがなにを意味するかというと、最後までちゃんと閉《し》まっていなかったドアが、表のとびらが開けられたことにより、風圧で引きもどされてしっかりと閉《し》まった……ということだ。

うちを訪《おとず》れる者の中に、インターホンを鳴らさず、だまって上がりこんでくる人物はいない。

（いったいだれだろう……？）

おどろいたわたしは、そういぶかりながら、思わず玄関《げんかん》の方にふりかえった。

そこに見えるのは、大きなすりガラスが縦《たて》に二枚《まい》入ったドア。そのドアのガラスを通して、玄関《げんかん》内の照明がこうこうと灯っているのがわかる。

その照明は、人体感知式のセンサーが組みこまれていて、人が玄関《げんかん》内にふみいると、自動的に点灯するしくみになっている。

それが反応して明かりがついているということは、〝玄関《げんかん》にだれかいる〟ということ。

センサー誤作動《ごさどう》は、いままでまったくといっていいほど、起こったためしがない。

わたしは立ちあがると、なんのためらいもなく、玄関《げんかん》へ続くドアを開けた。

だが、そこに人の姿《すがた》はなく、ただただ明かりが灯っているだけ……。

(もしかすると、いったんはとびらを開けたものの、すぐに外へ出たのかもしれない)

そう思ったわたしは、サンダルをつっかけ、表のとびらを開けようとドアノブに手をかけた。

(……!)

なんと、かぎがかかっていた。

しかも、上下二段《だん》になっているかぎの両方ともが、しっかりとかけられたまま……。

なんともいえない気分になったわたしは、その場に残るひとつの〝痕跡《こんせき》〟に気づいて、驚愕《きょうがく》した。

玄関《げんかん》一面にただよう香水《こうすい》の香《かお》り。

しかもそれは、現在ではあまり出会うことのない、昭和の時代に流行した〝ムスク〟の香《かお》りだった。

それから一年後の秋。

その日わたしは、目ざめるとすぐにパソコンを開き、本シリーズの原稿《げんこう》作成に取りかかった。書きだしたのは、本書に収載《しゅうさい》されている「血の手形」。わたしの友人・葛西《かさい》の体験談だ。

わたしは細部を確認《かくにん》するため、葛西《かさい》に電話をかけた。

わたしの記憶《きおく》にあったディテールと多少ちがいはあったものの、以前葛西《かさい》から聞かされた話と、電話で葛西《かさい》がいっていたことに、いっさいブレがなかったことから、やはりそれが〝真実〟なのだと改めて確信した。

葛西《かさい》との電話を切ったわたしは、これから始まる〝戦闘態勢《せんとう》〟に備え、こいめのコーヒーをいれようとキッチンへむかった。

専用《せんよう》のケトルに水を入れ、それをコンロにかけてから、コーヒー豆とペーパーフィルターをドリッパーにセットする。

と、そこで、わたしの手が止まった。

（な、なんだ……このにおい……）

キッチン一面からただよってくる、魚がくさったようなにおい……。

それをかいだとたん、わたしの中にある〝緊急警報《きんきゅうけいほう》〟が鳴りひびいた。

魚のにおいは、イコール血のにおい。

生魚などしばらく調理しておらず、そんなものが家の中に充満《じゅうまん》しているなどありえない。

わかしていた湯を下ろし、わたしはすぐに、家中の窓《まど》という窓《まど》を開けはなった。

そのまま空気の入れかえを行い、その間、わたしは外へ出て、カーポートに置いた車を洗《あら》って時間をつぶした。

一時間ほどして部屋にもどり、家の中を歩きまわってふがふがと鼻をきかせて、そこに〝異《い》臭《しゅう》〟が残っていないかを確認《かくにん》した。

どうやらにおいは消えたようで、ひと安心したわたしは、すべての窓《まど》を閉《し》めてまわり、ふたたびパソコンにむかうと、粛々《しゅくしゅく》と原稿《げんこう》作成に取りかかる……はずだった。

ところが、ぱったりと筆が止まる……パソコンで原稿《げんこう》を書くので、指が止まるという方が正確な表現だろうが、なかなか思うようにはかどらない。

少し進んでは、タバコを吸《す》いに外へ行ったり、また書きかけてはメールをチェックしたり。あげくのはてには、ひとつだけダウンロードしてあるスマホのゲームに手を出しそうになったり……。

「だーっ！　なにをしてるんだおれはっ！　そうだ、こういうときは風呂《ふろ》だっ！　風呂《ふろ》にかぎる！」

なにを根拠《こんきょ》にそう思ったのかも定かでないが、とにかくわたしは風呂《ふろ》に入ることに決めた。

バスタブに熱めの湯を張り、清めのためにと、コップ一杯《ぱい》の日本酒を注ぐ。

ゆったりと首までつかり、昔覚えた歌を鼻でふんふんやっていると、突然《とつぜん》、急激《きゅうげき》な眠気《ねむけ》がおそってきた。

（少しくらいなら眠《ねむ》ってもだいじょうぶ……）

それまで、風呂《ふろ》で寝《ね》てはいけないという先人の教えを、どんなにつかれていようが、かたくなに守ってきたわたしが、なぜかこのときばかりは、そのまま目をつぶってしまったのだ。

どのくらいたっただろうか。

突然《とつぜん》耳元で聞こえた。

「ねえねえ……ねえねえ」

そういう女の声で、わたしははっと目が覚めた。

わたしの目と鼻の先ほどの位置に、見たこともない女の顔があった。

洗《あら》い場の方にしゃがみこみ、バスタブのふちに両手をかけて、にこりともせず、じっとわたしの顔を凝視《ぎょうし》している。

わたしは一瞬《いっしゅん》、なにが起こっているのかわからず、完全に頭の中がフリーズした状態になってしまった。

「うわあああああっ!!」

少ししてようやく現実へ引きもどされたわたしは、自分でも信じられないくらいの大声をあげて、その場で飛びあがらんばかりにおどろいた。

ところが、自分のさけび声でわれにかえったわたしは、それがすべて夢だったことに気づいて安堵《あんど》したものの、たったいま目のまえで見た女の顔が頭からはなれず、手早く体を洗《あら》うと、とっとと風呂《ふろ》場から退散した。

おどろいたのは、風呂《ふろ》に入ってから二時間近くも経過していたことだった。いつの間にか、外は真っ暗になっている。

ここ最近の怪談《かいだん》づけの日々に加えて、睡眠《すいみん》時間も日によってまちまち。

そんな生活の中で、きっと気の迷いも生じたのだろうと、わたしは必死に自分を落ちつかせた。

翌日《よくじつ》、昨夜あんな形で風呂《ふろ》から上がったため、満足にそうじもせずに出てきてしまったことを思いだし、わたしは昼飯をすませると、そうじをしようと浴室に立った。

脱衣《だつい》所でくつ下をぬぎ、浴室のドアを開けた瞬間《しゅんかん》。

「なっ！　なんだよ……これ……」

わたしの目に飛びこんできたのは、洗《あら》い場一面に、散乱《さんらん》した長い髪《かみ》。しかも、その量が尋常《じんじょう》ではなかった。

ひとり住まいのわたしの家に、そのような長い髪《かみ》をした人物はいるはずもないし、出入りもしていないのだ。

そしてこれは11月16日、つまり昨日のことだ。

いつも通り、原稿《げんこう》作成は深夜にまでおよび、気がつけば時計の針《はり》は午前三時を指している。

この日仕上げたのは、友だちの漫画家《まんがか》さんが体験した「からくり人形」。

自分なりに、その日のノルマは達成した感じがあったので、洗面所《せんめんじょ》で歯をみがき、エアコンを止めて二階の寝室《しんしつ》へと上がった。

ベッドへもぐりこむと、早々に眠気《ねむけ》がやってきて、すうっと眠《ねむ》りのふちへと落ちていった。

ユサユサッ　ユサユサッ　ユサユサッ

気がつくと、だれかがわたしの腰《こし》から下をゆさぶっている。

目を開けると、周囲はいつのまにか広い空間になっており、わたしの周囲にもたくさんの人が、横になって寝息《ねいき》を立てている。

わたしの真横には男が寝《ね》ている。その人物は起きているようであり、わたしにむかってなにかを必死にうったえていた。

(ここはどこだよ? それにこいつだれだ?)

わたしがそんなことを考えていると、急にその男が声をひそめて、わたしにいった。

「きたきたっ! ほら、きたきたきたきたっ!」

なにがきたのかとどきどきしていると、なに者かがわたしの近くへやってきて、ふたたび腰《こし》から下をゆさゆさとゆらしはじめた。

その力は先ほどよりも強く感じられ、わたしの体もそれに比例して強く大きくゆれうごいた。

「やめろやめろ! おい、やめろって!」


大声でどなっている自分の声で、わたしは覚醒《かくせい》した。

当然、それは夢……。しかし、体はいまだにゆれていて、横むきになったわたしの腰《こし》には、確実に〝だれかの手〟がかかっている。

首をもたげて視線《しせん》をずらすと、そこには黒いローブをかぶったなにかがうずくまり、必死にわたしの腰《こし》をゆらしているのが見えた。

わたしはとっさに反対方向へと飛びのき、見事にベッドから落下した。

そこにあった電源《でんげん》タップに思いきり肩《かた》をぶつけ、しっかりと青あざになっていた。

原稿《げんこう》を書くとなにかしら起きる怪異《かいい》……。

この本には、霊《れい》たちを呼《よ》びよせるなにかが、あるのかもしれない。

南の島の物語

小学四年生のころに、わずか一年ほど過ごした沖縄《おきなわ》。

しかしそこからはなれたあとも、大人になったいまでも、わたしの頭の中から〝沖縄《おきなわ》〟のふた文字が消えることはなかった。

他の話でも書いているが、いまから三年ほどまえ、わたしは沖縄《おきなわ》に大変すばらしいつながりをいただいた。

そのご縁《えん》のひとつに、ある怪談《かいだん》サークルがある。

そのサークルのメンバーに、小原《こはら》さんという京都出身の方がいて、沖縄《おきなわ》の伝承や昔話の他《ほか》、特に沖縄《おきなわ》特有の怪談蒐集《かいだんしゅうしゅう》に力を注いでおられる。

那覇《なは》に住んでいた子どものころ、ほとんど観光らしいことをしたことがなかったわたしは、沖縄《おきなわ》に大きな愛着や興味がありながら、そのほとんどを知らなかった。それを小原《こはら》さんに話すと、思いがけない提案をいただいた。

「それならライブが終わったら、いっしょに、いろんなところを回りましょう！」

二度目の沖縄《おきなわ》ライブの翌日《よくじつ》、わたしは小原《こはら》さんといっしょに沖縄《おきなわ》の名所を回ることになった。

「本当にどこへも行かれたことがないんですか？」

翌朝《よくあさ》、わたしをむかえにくるなり小原《こはら》さんはいった。

「１９７３年に島をはなれる前日に、せめてここくらいはと家族で出かけた『ひめゆりの塔《とう》』くらいですね……」

「では今日は、その方面に行きましょう。ひめゆりの塔《とう》のすぐ近くにある平和記念公園の中に、平和の礎《いしじ》というのがあるのはご存《ぞん》じですか？」

「本当に面目ないのですが、まったくなにも知らないです」

わたしは頭をかきながら答えた。

「なにもそんなに恐縮《きょうしゅく》されることはありません。沖縄《おきなわ》戦で亡《な》くなられた、二十四万人以上の人の名前を彫《ほ》った石板が『平和の礎《いしじ》』です。実はぼくはそこで、大変不思議な体験をしているのですが、まずはそこへ行ってみましょう」

平和記念公園と聞いてわたしが真っ先に思いうかべたのは、毎年6月23日の〝慰霊《いれい》の日〟に行われる平和式典だった。時の総理大臣が献花《けんか》するのを、何度もテレビで見た覚えがある。

わたしと仲間たち数名、小原《こはら》さんとで、一台の車に乗りこみ、平和記念公園へむかうと、さっそく献花《けんか》台に花を手向《たむ》け、線香《せんこう》を置いて手を合わせる。

（どうぞ安らかに……）

目を閉《と》じて、心の中でそう念じると、一瞬《いっしゅん》、涼《すず》やかな風がほおをなでた。

献花《けんか》台からはなれ、手入れの行きとどいた公園内を歩く。

「小原《こはら》さん、次はどこへ行きましょうか？」

「いやいや中村さん、大事なのはこのおくなんですよ」

そういって小原《こはら》さんが指さす方を見ると、一路、海へむかう小さな滑走路《かっそうろ》のような遊歩道が続いている。

「さっきぼくがいった『平和の礎《いしじ》』というのは、このおくなんです」

少し行くと、小さな東屋のような建物があった。

その中に銀行ATMのような機械が置かれているのに気づき、わたしは小原《こはら》さんにたずねた。

「あれなんですかね？　まるでATMのような……」

「あはは、あれはATMじゃありませんよ。ちょっと行ってみましょう」

ここにある石板には二十四万をこえる人々《ひとびと》の名前が刻《きざ》まれている。遺族《いぞく》の方がこられても、何の手がかりもなしに、戦没者《せんぼつしゃ》の名前を探《さが》しだすのは至難《しなん》の業《わざ》だ。

そこでこの機械である。ここに刻《きざ》まれた方々《かたがた》の情報は、データベース化されており、この機械に出生地と名前を入力することで、石板の位置と彫《ほ》られている場所を特定することができるのだ。

「これはすごいなぁ！　あっ！」

「中村さん、どうされました？」

小原《こはら》さんが不思議そうに、わたしの顔をのぞきこむ。

わたしの頭の中に、突然《とつぜん》、ひとつの情景がうかびあがったのだ。

子どものころから幾度《いくど》となく見てきた父方の墓に刻《きざ》まれた、一行の文字……。

〝昭和〇〇年〇月　沖縄《おきなわ》戦にて没《ぼっ》〟

わたしはその瞬間《しゅんかん》、晃三《こうぞう》という名の叔父《おじ》が、沖縄《おきなわ》で戦死していたのを思いだした。

「わたしの家族に、ここに祀《まつ》られた戦死者がいます」

「ええっ！　い、いまですか、それ！」

「いや、本当に面目ない。でも本当です。わたしの叔父《おじ》ですが、確かに墓碑《ぼひ》に『沖縄《おきなわ》戦にて没《ぼっ》』と……」

「じゃあさっそく調べてみましょう！」

小原《こはら》さんにうながされ、わたしは機械に、叔父《おじ》の出生地と名前を入れた。

いた！　たったひとりだけ該当者《がいとうしゃ》がいる。まさしく晃三《こうぞう》叔父《おじ》その人だった。

叔父《おじ》の名前が彫《ほ》られた石板の位置を示す紙が印刷され、わたしたちはそれをもとに先へと進んでいく。

「ええと……4の19はと……ここだここだ！」

みがきこまれた黒曜石に、美しい文字で叔父《おじ》の名前が彫《ほ》られている。

七十年以上まえ、北の果てから南の果てへと出征《しゅっせい》し、あえなくこの地で命を落とした二十五歳《さい》の叔父《おじ》。

思わずわたしは石板に背中《せなか》をむけると、こんなことをつぶやいていた。

「叔父《おじ》さん、長いことおつかれ様でした。おれは来週北海道へ行くから、そのとき墓まで連れていくよ。だから、いったんおれの背中《せなか》に乗りなさい」

そのとたん、せきを切ったように、わたしの目から涙《なみだ》があふれでた。

その日、わたしはホテルへもどると、いとこの雅之《まさゆき》に電話を入れた。

今日のこと、そして来週、晃三叔父《こうぞうおじ》を故郷《こきょう》に連れてかえることを話し、晃三叔父《こうぞうおじ》の兄弟である雅之《まさゆき》の父親にも伝えてくれるようたのんだ。

一週間後、わたしは次の怪談《かいだん》講演の舞台《ぶたい》である北海道にきていた。

「叔父《おじ》さん、みんな待ってるよ……」

わたしは墓所を訪《おとず》れ、そういって墓に背《せ》を向けると、背中《せなか》から叔父《おじ》をおろす仕草をした。

そのとたん背中《せなか》が軽くなった……とかいう、霊的《れい》なアクションは起きていない。ちょっと残念だ。

わたしはそれから、本当に〝晃三《こうぞう》〟という叔父《おじ》が存在《そんざい》していて、沖縄《おきなわ》で戦死したのかということを確認《かくにん》することにした。

なにせ自分の頭にうかんだ画像をたよりに、叔父《おじ》を〝おんぶ〟してここまできたのだ。それがまったくのかんちがいだったら、それこそ冗談《じょうだん》にもならない。

わたしは墓の横手に回りこみ、そこにある刻銘《こくめい》を確認《かくにん》した。

俗名《ぞくみょう》と戒名《かいみょう》とが彫《ほ》られており、その下に亡《な》くなった月日が刻《きざ》まれている。

「う、うそだろ……」

思わずわたしは、そうつぶやいていた。

わたしのように講演を生業《なりわい》にする者は、講演地をはなれる際に、次の講演日程を決めてくることが多い。

今回の沖縄《おきなわ》も、はなれる時点で、次回の開催日《かいさいび》を決めてきていた。

毎年6月23日は平和式典が開催《かいさい》されるため、一日ずらして、6月22日にライブを開催《かいさい》することにした。

叔父《おじ》が亡《な》くなったのはその前日、6月21日だったのだ。

わたしはどうしても確認《かくにん》したいことがあり、携帯《けいたい》電話を取りだして、その場から雅之《まさゆき》に電話をかけた。

「雅之《まさゆき》、晃三《こうぞう》叔父《おじ》さんのことなんだけど、亡《な》くなった場所、知らないかな?」

「ちょっと親父に聞いて、かけなおすよ」

そういって、雅之《まさゆき》は電話を切った。

(この日にちの合致《がっち》はいったい……ただの偶然《ぐうぜん》とは思えない……)

そんなことを思っていると、十分もしないうちに雅之《まさゆき》から電話が入った。

「晃三《こうぞう》さんが亡《な》くなったのは、読谷村《よみたんそん》という場所みたい。米軍が上陸してきたときに、戦車の砲撃《ほうげき》にあって落命したらしいと……」

確かに読谷村《よみたんそん》は、米軍の沖縄《おきなわ》本島上陸作戦の本拠地《ほんきょち》だった。いまでも浜《はま》の岩場などに、機関《きかん》銃《じゅう》の弾《たま》などを見つけることができるところだ。

「晃三叔父《こうぞうおじ》さんは、いまおれが拠点《きょてん》にしている読谷《よみたん》で死んだのか……」

わたしが愕然《がくぜん》としていると、いっしょに墓参にきてくれた仲間がいった。

「叔父《おじ》さんは、『おれをむかえにきてくれ』って、さけびつづけておられたんですね……」

それはわたしも同感だった。


晃三叔父《こうぞうおじ》のことをたどってきて、わたしは少年期に体験した、あるできごとを思いだした。

アメリカから返還《へんかん》された翌年《よくとし》の沖縄《おきなわ》で、わたしは、友人からさそわれカブスカウトに入った。カブスカウトというのはボーイスカウトの年少版で、心身ともに生活スキルを身につける教育運動のこと。

あるとき、その活動でバス旅行に行くことになった。わたしにとっては、それが沖縄《おきなわ》にきて初めての海水浴。夢にまで見た真っ白な砂浜《すなはま》での海水浴に、わたしは胸《むね》おどる思いだった。

浜《はま》に着いたわたしたちは、引率の大人のいうことも聞かず、真っ青な海へまっしぐらに飛びこむと、夢中になって遊びはじめた。

友だちが持ってきていたエアーマットに数人で乗っては、ふざけて海に落としたり落とされたりを、延々《えんえん》とくりかえしていた。

浅瀬《あさせ》でしかも干潮《かんちょう》時の海だったので、水に顔をつけるのも怖《こわ》いほどの〝かなづち〟であったにもかかわらず、わたしはそのとき、まったく水を警戒《けいかい》していなかった。

友だち四人で、エアーマット上の〝プロレスごっこ〟が続く。そうこうするうちに何度目かの落ちる番がめぐってきて、わたしはオーバーアクションをつけ、勢いよく海中へ身を投げだした。

次の瞬間《しゅんかん》、わたしは全身から血の気が引くのを感じた。

さんざん暴れたためか、潮《しお》の流れによるものかわからないが、水にうかんだエアーマットは、思いのほか沖《おき》へ出てしまっていることに、だれひとり気づいていなかったのだ。

海へ落ちたとたん、そこが足のつかない深さであることがわかり、わたしの頭の中は真っ白になった。体はぶくぶくと深みへ沈《しず》んでいく。

「泳げ！　泳げ！」

友だちの声が聞こえてきて、なんとか水面へ顔を出したものの、ひと呼吸《こきゅう》してはまた海底へと沈《しず》んでいく。

（あ……死ぬのかも）

やがて友だちの声も聞こえなくなり、なかばあきらめかけたときだった。

大人の男性が、わたしの異変《いへん》に気づいて飛びこみ、わたしのあごにがっちり腕《うで》を回す形で抱《だ》きかかえると、そのまま浜《はま》へと引きあげてくれたのだ。

「だいじょうぶか？　水は飲んでないか？」

「だ、だいじょうぶです」

わたしがそう答えると、男性はにっこりとほほえみ、どこかへ去っていった。

「アキサミヨ～（まったくもう）なにしてるぅ？」

友だちがかけよってきて、口をそろえていった。

でもそのときのわたしに、それに答える体力は残っていなかった……。

わたしは、墓前でふたたび携帯《けいたい》電話を取りだすと、いまは那覇《なは》に住む旧友にむけて電話をかけた。

その旧友こそが、わたしにカブスカウトをすすめ、いっしょにプロレスごっこに興じた男である。

「ひさしぶり！　仕事中悪いね。実はちょっと教えてほしいことがあって……。いっしょにカブスカウトやってたころのこと、覚えてる？」

「あったりまえだよ～。おれがさそったんだから」

「そうそう、そうなんだよ。でね、カブスカウトに入って少ししたころに、みんなでバスに乗って海へ行っただろ？」

「バスで海？」

旧友の記憶《きおく》は薄《うす》れていたが、わたしがおぼれた話を出すと、鮮明《せんめい》に思いだしたようだった。

「ああ、思いだした思いだした！　あのときのことな。あはは、あれには、みんな、まんまとだまされたよなぁ」

「えっ、だまされた？」

「まっちゃん、演技がうますぎでさ、一瞬《いっしゅん》びっくりしたばぁよ。

だってよ～迫真《はくしん》の演技でおぼれたふりして、そのあと自分でうきあがって、背泳《せおよ》ぎして浜《はま》までもどったんだからよ～」

まったくのかなづちだったわたしが泳いで浜《はま》までもどる、しかも背泳《せおよ》ぎなんてできるはずがなかった。

「い、いや、なにいってんの！　おれは演技なんかしてないし、あのとき、大人の人が飛びこんできて、助けてくれたじゃない？」

「だからよ、まっちゃん、あのときもそんなこといってたけど、近くに大人なんかいなかったし、あの辺には飛びこむような場所もなかっただろ？

だからおれたちは、『へたな背泳《せおよ》ぎで水飲んだ～』って笑ってたんだから。本当にもう、何十年もまえのことで笑わせせんなよ～」

「……そうか。そうなのか……。大人は……いなかったのか」

「聞きたいことってそれなの？」

「いや、そうじゃない。あのな、あのとき泳いだ海って、どこの海か覚えてる？」

「あれは読谷《よみたん》だよ……」

その海は、叔父《おじ》が落命した読谷村《よみたんそん》だった。

そのことをまったく忘《わす》れたまま、わたしが沖縄《おきなわ》活動の拠点《きょてん》に読谷《よみたん》を選んだという事実。

幼《おさな》き日、読谷《よみたん》の海でおぼれたわたしを、そこにいるはずのない大人の男性が助けてくれたという記憶《きおく》。

わずか一年あまりの沖縄《おきなわ》での生活が忘《わす》れられず、この年になるまでずっと〝思い〟を引きずっていたという不思議。


すべてが一本の糸でつながった。

最後に

本シリーズ続刊が伝えられたとき、わたしの中に光明が降《ふ》りそそいだ。

わたしが若《わか》い読者に最も伝えたいと願う『命について』ということが、広く受け入れられた証《あか》しだと思ったからだ。


よくドラマや映画《えいが》の中で、こんなシーンを目にすることがある。

ささいなことが原因で勃発《ぼっぱつ》した親子げんか。どうにも収拾《しゅうしゅう》のめどが立たず、ついに子どもがこんなことを口走る。

「頼《たの》みもしないのに、あんたが勝手におれを産んだんだろ！」

「なんてことというの！」「うるせえっ！」となり、息子は家を飛びだしてしまう。

そういうわたしも、中学生くらいのころに、母にそんな言葉を投げつけてしまった経験がある。

しかし大人になり、ひょんなことから出会ったひとりの僧侶《そうりょ》に、こんなことをいわれた。

「中村さん。人というのはね、ちゃんと親を選んで生まれてくるんだよ。たまたま偶然《ぐうぜん》に、その親から生まれるんじゃない。自分でちゃんと親を選んで、それを自覚してこの世で人となるんだ」

もちろん科学的な証明も、裏付《うらづ》けもないだろう。

でもそれを聞いたわたしの胸《むね》に、巨大《きょだい》な衝撃《しょうげき》と後悔《こうかい》の念がおしよせ、いてもたってもいられぬ気分になったのを、いまでもはっきりと覚えている。

それからわたしはひとりの男の子と知りあった。

小学一年のその子は、はっきりとした口調で「ぼくには死んだ人が見える」といった。アニメかなにかに感化された上でのことかもと思い、よくよく彼《かれ》の話を聞いてみる。どういう風に見えるのかなどをつきつめていくと、わたしが感じる図式とよく似ている。その子もまた〝見える人〟なのだと実感した。

わたしはその子にこんな質問をしてみた。

「お母さんのおなかの中にいたときのこと、もしかして覚えてる？」

するとその子は強くうなずいて、こんな話を聞かせてくれた。

「あのね。ぼくは生まれるまえ、小さな光の粒《つぶ》でね、たくさんの友だちと宇宙《うちゅう》にいたの」

生まれるまえの記憶《きおく》を〝胎内記憶《たいないきおく》〟というが、彼《かれ》の表現は、胎内記憶《たいないきおく》の研究者が同様の発表をしている。わたしもその論文《ろんぶん》を読んだことがあった。

続けて彼《かれ》のいった言葉に、わたしは思わず涙《なみだ》がこぼれそうになった。

「宇宙《うちゅう》をふわふわただよっていたら、とっても楽しそうな笑い声が聞こえたの。あそこに行ったら、きっと楽しいだろうな、幸せだろうなって思ったの。そう思いながら、そっちにむかって飛んでいったら、いつのまにかお母さんのおなかの中に入ってたんだよ」

むろん彼《かれ》のいうことにも確証はない。

でもわたしはそれを信じてやまないし、それがどの子にとっても事実であると心から願っている。

わたしは数年前から、怪談《かいだん》をツールとした道徳の授業、〝道徳怪談《かいだん》〟を展開《てんかい》している。

〝道徳怪談《かいだん》〟の授業を受ける方には、かならず守ってもらうある約束ごとがある。

〝親子で参加すること〟そして〝親子でとなり同士にすわること〟だ。

これが実に大事なのだ。

怪談《かいだん》は、だれかがどこかで亡《な》くなった上でできるもの。人の死を無視《むし》しては成り立たない。

だからこそ、怪談《かいだん》には人と人との縁《えん》やつながりがあり、そこに生と死、命の儚《はかな》さ、尊厳《そんげん》、大切さが生まれる。

その人と人との〝いちばんのつながり〟、基本が親子ではないかと思う。

その絆《きずな》を再確認《さいかくにん》してもらい、さらに強いものにする。わずかながらでもそこに力添《ちからぞ》えできるならと願いつつ、今日も怪談《かいだん》をおくりつづける。

中村まさみ

北海道岩見沢市生まれ。生まれてすぐに東京、沖縄へと移住後、母の体調不良により小学生の時に再び故郷・北海道に戻る。18歳の頃から数年間、ディスコでの職業ＤＪを務め、その後20年近く車の専門誌でライターを務める。
自ら体験した実話怪談を語るという分野の先駆的存在として、現在、怪談師・ファンキー中村の名前で活躍中。怪談ネットラジオ「不安奇異夜話」は異例のリスナー数を誇っていた。全国各地で怪談を語る「不安奇異夜話」、怪談を通じて命の尊厳を伝える「道徳怪談」を鋭意開催中。

著書に『不明門の間』(竹書房)、オーディオブックＣＤ「ひとり怪談」「幽霊譚」、監修作品に『背筋が凍った怖すぎる心霊体験』(双葉社)、映画原作に「呪いのドライブ　しあわせになれない悲しい花」(いずれもファンキー中村名義)などがある。

●校正　株式会社鷗来堂
●装画　菊池杏子
●装丁　株式会社グラフィオ

● p.199 からくり人形イラスト　千之ナイフ

怪談 5分間の恐怖　霊を呼ぶ本

発行	初版／2018年3月　第5刷／2020年4月
著	中村まさみ
発行所	株式会社金の星社 〒111-0056　東京都台東区小島1-4-3 TEL　03-3861-1861（代表）　FAX　03-3861-1507 振替　00100-0-64678　ホームページ　http://www.kinnohoshi.co.jp
組版	株式会社鷗来堂
印刷・製本	図書印刷株式会社
	256ページ　19.4cm　NDC913　ISBN978-4-323-08120-5
	乱丁落丁本は、ご面倒ですが小社販売部宛にご送付ください。 送料小社負担でお取り替えいたします。
	© Masami Nakamura 2018 Published by KIN-NO-HOSHI SHA, Tokyo Japan